KB121465

황태자는
은퇴가 하고
싶습니다

황태자는 은퇴가 하고 싶습니다 6

2022년 11월 11일 초판 1쇄 인쇄
2022년 11월 16일 초판 1쇄 발행

지은이 로튼애플
발행인 김정수 강준규

기획 이기헌 왕소현 박경무 강민구 조익현
책임편집 금선정
마케팅지원 이원선

발행처 (주)로크미디어
출판등록 2003년 3월 24일
주소 서울시 마포구 마포대로 45 일진빌딩 6층
Tel (02)3273-5135 Fax (02)3273-5134
홈페이지 rokmedia.com **E-mail** rokmedia@empas.com

ⓒ 로튼애플, 2022

값 9,000원

ISBN 979-11-354-8012-6 (6권)
ISBN 979-11-354-8005-8 04810 (세트)

ROK
MEDIA
롱크미디어

튼애플 퓨전 판타지 장편소설 ⑥

왕태자는 은퇴가 하고 싶습니다

Contents

서대륙 통일! 다음은 동대륙?

제국의 수도 습격이 막힌 시점부터 전쟁은 제국의 승리였다.

그래도 최소한의 명예는 지켜 주겠다고 남부 왕국들한테 '항복할 수 있는 권리'를 주었다.

하지만 이조차 굴욕이었다.

그렇다고 항복하지 않고 마지막까지 항전하고자 해도 명분이 없었다. 이런 상황에서 피레스 공작이 제국에서 온 전언을 국왕에 들려주었다.

"국민들은 등을 돌렸고, 귀족들은 분열하기 시작했네."

로테온 국왕의 말에 피레스 공작은 아무 말도 할 수 없었다.

그저 자신의 주군이 결정을 내릴 시간을 기다려 주는 것만이 현재의 그가 할 수 있는 전부였다.

미지의 세력에게 도움을 청해 볼 수도 있겠지만 애초에 그들과는 그런 것까지 기대할 수 있는 관계가 아니었다.

그들은 로테온을 이용했고, 로테온 역시 그들을 이용한 것뿐.

그렇기에 이제 로테온에게 남은 것은 없었다.

"······나에게 선택지란 게 남아 있기는 한가?"

자신의 앞에 있는 가장 믿을 수 있는 세 명의 신하들한테 물었다.

무역왕이 불리는 월싱엄 후작, 정부를 총괄하는 델론드 후작, 로테온의 검 피레스 공작.

이 세 명은 국왕의 말에 아무런 대답도 할 수 없었다.

한참 뒤 피레스 공작이 무겁게 입을 열었다.

"마지막까지 싸우고자 하신다면 신은 곁을 지킬 것이옵니다."

피레스 공작의 말에 월싱엄 후작과 델론드 후작 역시 고개를 숙였다.

하지만 이들과 이들을 따르는 이들을 제외한 다른 귀족들은 왕궁에서 벗어나 각자의 저택으로 돌아간 지 오래되었다.

여차하면 몸을 뺄 생각을 하는 것이다.

국민들을 버리고 귀족들을 규합했다.

그런데 그 귀족들이 분열한다? 그렇다는 건 사실상 끝이라는 뜻이었다.

사실상 국가는 끝이다.

남은 건 왕가의 명예를 지키느냐, 아니면 곱게 제국에 항복해서 소중한 목숨들을 지키느냐였다.

"버티는 게 무슨 의미가 있겠나?"

로테온이 씁쓸한 표정을 지으면서 말하자 세 명의 귀족들은 말없이 고개를 숙였다.

"……제국의 제안을 받아들이게나."

자신의 대에서 왕국의 역사가 끝나 버리게 되었다. 자존심 강한 로테온 국왕에게 이것이 얼마나 치욕스러운 결정인지 누구보다 잘 아는 피레스 공작은 입술을 깨물었다.

처음엔 제국의 제안을 듣자마자 병력을 집결해 최후의 항전이라도 해 보려고 했다.

하지만 피레스 공작이 마음을 바꾼 것은 한 부관의 보고 때문이었다.

"각하, 병력이 이탈하기 시작했습니다."

"감히! 전시 상황에 이탈을 한단 말인가! 저들을 모조리 잡아들여라!"

"……."

피레스 공작의 말에 부관이 말없이 무릎을 꿇었다.

"항명을 하는 것이냐?"

"저들은 가족에게 돌아가는 것뿐입니다."

"뭐?"

피레스 공작의 물음에 부관이 고개를 숙이며 말했다.

"수도로 몰려오는 시위대 중에 병사들의 가족들이 있사옵니다."

부관의 말에 피레스 공작의 입이 다물렸다.

"이대로라면 저들은 가족들을 베어야 하옵니다."

목숨을 걸고 보고를 한 부관을 보면서 피레스 공작은 아무 말도 할 수 없었다.

차마 가족을 베라고 말할 수 없었던 공작은 말없이 부관을 물리고, 곧장 국왕을 찾았다.

그리고 결국 국왕으로 하여금 왕국의 역사를 끝내라고 종용할 수밖에 없었다.

반면에 탈로스는 다른 결정을 내렸다.

로만에 지원 요청을 한 것이다.

며칠만 버티면 로만의 마스터가 탄 배가 탈로스의 항구에 도착할 수 있었다.

그들이 수도까지 오면 버틸 수는 있을 터.

이런 계산과 함께 수도에서 버티겠다는 일념하에 모든 병력을 수도에 구겨 넣었다.

그러나 이 판단에 대한 결과는 참혹했다.

"탈로스를 봉쇄하라고 전해."

"예!"

카리엘이 군부대신에게 명령을 내리는 순간 남부군과 동부군이 움직였다.

항복을 결정한 로테온을 마지막까지 믿을 수 없었기에 아이론과 서부군을 통해 그들을 묶어 두고 가용 가능한 모든 전력을 탈로스에게 투입했다.

삼군이 탈로스에 집결했지만 카리엘은 이에 만족하지 않았다.

제국이 현재 동원할 수 있는 모든 병력은 병사들만 말하는 게 아니었다.

"폐하! 다시 한번 생각하심이……."

"짐을 지키면 될 것 아닌가?"

카리엘의 말에 황궁 기사들이 한숨을 쉬었다.

그렇게 카리엘은 로테온을 포위했던 병력을 서부군에 맡기고는 그곳에 있던 병력까지 박박 긁어서 탈로스로 향했다.

바닷길을 통해 몰래 지원을 보내려는 로만의 의도를 분쇄하기 위해 직접 탈로스로 행차한 것이다.

결국 황제를 보호하기 위해서 황궁 기사단 대다수와 글렌을 비롯한 친위대까지 함께했다.

제국의 주요 전력이 모였기 때문일까?

기승을 부리던 탈로스의 범죄 조직들도 자취를 감추었고, 소수의 기사들을 데리고 국민들을 탄압하던 귀족들의 군대들도 전부 사라졌다.

남은 건 탈로스의 중심부에 모여 있는 군대뿐.

"폐하를 뵙습니다."

"폐하를 뵙습니다."

데이비어 공작과 아켈리오 공작을 비롯한 주요 지휘관들이 고개를 숙였다.

"로만에서 비밀리에 지원군을 보냈다는 첩보가 들어왔다. 늦어도 사흘 안에는 당도한다는군."

카리엘의 말에 모든 지휘관들이 무겁게 고개를 끄덕였다.

"저곳을 함락하는 데 얼마나 걸릴 것 같지?"

카리엘의 물음에 남부 사령관이 조용해 대답했다.

"대부분 오합지졸이니 하루 안에 끝낼 수 있습니다."

남부 사령관의 대답에 카리엘이 잠시 고민하더니 고개를 끄덕였다.

"힘의 차이를 보여 주게. 압도적인 차이로 항복을 유도하는 것도 나쁘지 않아 보이는군."

"예! 폐하."

카리엘의 명령에 모든 지휘관들이 고개를 숙이며 대답하고는 물러났다.

마음 같아서는 쓸어 버리고 싶지만, 조금이라도 더 많은 병력을 보존해야만 후에 있을 전쟁이 편해졌다.

특히 마스터나 고위 기사들의 존재들 같은 경우는 더더욱 그러했다.

웬만하면 탈로스의 주요 병력은 보전하면서 전쟁을 마무리 짓고 싶었던 카리엘은 압도적인 힘의 차이로 탈로스를 굴복시키고자 했다.

시작은 마스터들이었다.

"먼저 가겠네."

그렇게 말한 데이비어 공작이 검을 뽑아 들고 허공을 향해 검을 찔러 넣었다.

그 순간 거대한 오러가 섬광이 되어서 성의 요새를 두드렸다.

하지만 탈로스의 모든 역량이 집중된 요새가 고작 마스터 한 명에 뚫릴 리가 없었다. 그것을 예상했는지 이번엔 아켈리오의 거대한 검이 결계를 때렸다.

두 마스터의 전력을 다한 공격에 결계에 균열이 간 순간, 상공에서 비공선 무리가 나타났다.

"막아라! 저것들이 당도하게 두어선 아니 된다!"

알칸 후작이 곧바로 대응 명령을 내렸다.

하지만 대응에 나서는 건 탈로스의 정예 부대뿐이었다.

대부분의 귀족들의 군대는 당황하고 있을 뿐.

바로 그때, 두 마스터의 공격을 가르면서 한 줄기의 섬광이 지나갔다.

콰창!

유리 깨지는 소리와 함께 결계가 깨지는 순간, 앞으로 나서며 검을 휘두르는 클레타 공작.

전력으로 만든 오러 블레이드로 섬광을 베어 내는 순간, 공간이 일그러지면서 주변을 집어삼키기 시작했다.

하지만 불완전했는지 클레타 공작이 전력으로 베어 내자 일그러졌던 공간이 원래대로 돌아오면서 공기 터지는 소리와 함께 사라졌다.

"쿨럭!"

"각하?"

마른기침을 하면서 비틀거리는 클레타 공작.

남부 제1검으로 불리면서 피레스 공작보다도 한 수 위라 평가받는 그가 이제 막 마스터에 오른 애송이의 공격에 비틀거린다는 사실에 알탄 후작의 눈이 떨리기 시작했다.

심지어 결계를 부수고 들어온 참격이었다.

"……괴물이군."

클레타 공작이 떨리는 음성으로 자신의 팔을 바라보았다.

아직도 살짝 떨려 오는 것이 범상치 않은 실력임을 확인했다.

"각하! 또 옵니다!"

또다시 괴상한 참격이 날아오자 클레타 공작이 오러 블레이드를 만들며 대응했다.

하지만 제국에는 마스터가 두 명이나 더 있었다.

섬광과 거대한 오러 블레이드를 막기 위해 기사단과 마법사단이 움직였다.

자연히 결계가 복구되지 못했고, 그사이 요새 위로 진입한 비공선에서 공중 폭격이 시작되었다.

요새 내부에 있는 마도 무기들을 향해 폭탄을 떨어뜨림과 동시에 그림자들을 비롯한 특수부대들이 요새 안쪽으로 떨어지기 시작하면서 순식간에 탈로스의 수도가 혼란에 빠졌다.

그것이 끝이 아니라는 듯, 이번엔 제국의 기사단이 움직였다.

단단하기로 유명한 동부 기사단.

정예로 불리는 중앙 기사단.

맹수와 같은 남부 기사단.

3개의 기사단이 일제히 요새를 향해 달려왔다.

서로의 마력을 결속해 창처럼 성문을 향해 돌진하거나 사방에서 요새에 오르기 위해 달려드는 기사들.

그러는 사이 제국군도 움직이기 시작했다.

시작부터 총력전을 기울이는 모습. 상대가 어떠한 전략을 갖고 있든지 상관없이 밀어 버릴 수 있다는 압도적인 자신감에서 나오는 전략이었다.

각군이 자랑하는 특수부대와 기사들이 날뛰기 시작하자 급하게 긁어모은 탈로스 군대가 우왕좌왕하면서 혼란에 빠졌다.

그러자 그 여파로 인해 정예군마저 흔들리기 시작했다.

"제길……."

알탄 후작이 입술을 깨물며 사력을 다해 저항해 보았지만 무의미했다.

전력의 차이가 너무 컸다.

요새를 끼고 싸운다 한들 몇 시간 더 버티는 것이 고작일 것이다.

알탄 후작이 무력감에 치를 떨며 직접 검을 뽑아 들 때였다.

"모두 항복하라! 그리하면 목숨만은 살려 주겠다!"

황제가 직접 황궁 기사들의 보호를 받으면서 적들의 성문에서 보이는 곳에 섰다.

"약속한다. 탈로스 왕의 잘못된 명령으로 인해 전쟁에 투입된 이들은 짐의 명령으로 모두 사면될 것이다. 그러니 항복하라."

카리엘이 그렇게 말하면서 힘을 발현했다.

마룡 떼를 쓸어 버렸던 카리엘의 거대한 소환수들이 만들어지자 모두들 멍하니 그것을 바라보았다.

"항복하는 순간 제국민으로 받아들일 것이다. 하나! 마지막까지 저항한다면…… 탈로스의 국민으로 남고자 한다는 뜻으로 여기겠다."

그렇게 말한 카리엘이 살기를 드러냈다.

"짐은 탈로스라는 흔적을 이 대륙에서 완전히 지워 버리려고 마음먹은 바. 끝까지 저항하는 이들의 가족부터 친척까지 삼족을 멸해 이 대륙에 탈로스 흔적을 완전히 지워 주겠다."

살벌하기까지 한 카리엘의 말에 탈로스의 병사들이 눈치를 보기 시작했다.

그러자 알탄 후작이 고함을 쳤다.

"물러서지 마라! 너희들은 자랑스러운 탈로스의 병사들이다!"

알탄 후작이 다급히 고함을 쳤지만 이미 때는 늦었다.

탈로스의 병사들이 하나둘 무기를 내려놓기 시작했기 때문이다.

애초에 명분도 없었다.

혁명 세력을 탄압하고, 평민들은 신분제 때문에 고통받고 있었던 게 사실이다.

그런 상황에서 지들만 살겠다고 귀족들을 긁어모아 수도에 짱 박혀 있는 이들을 향해 누가 충성심을 보이겠나?

귀족들이라면 모르겠지만 병사들은 그렇지 못했다.

"저항하겠나?"

아켈리오 공작의 물음에 클레타 공작이 입술을 깨물었다.

어느새 클레타 공작을 포위한 3인의 마스터.

목숨 걸고 저항해 본들 얼마나 버틸 수 있을까?

'의미는 없겠지만 전하의 대피 시간을 벌기 위해서라도……'

그렇게 생각한 클레타 공작이 조금이라도 시간을 벌기 위해 오러 블레이드를 만들려 할 때였다.

"전하!"

알탄 후작의 외침에 뒤를 돌아보는 클레타 공작.

자신들의 주군이 홀로 왕궁을 빠져나와 요새의 성문을 향해 터벅터벅 걸어 나왔다.

모두가 탈로스 국왕의 모습을 바라보며 침묵했다.

이내 반쯤 부서진 성문을 열고 홀로 황제 앞에 섰다. 그런 클레타 국왕에게 카리엘이 조용히 물었다.

"항복하겠나?"

카리엘의 물음에 멍하니 그를 바라보던 탈로스 국왕은 조용히 무릎을 꿇었다.

"전하!"

탈로스 국왕의 모습을 본 클레타 공작이 고함쳤으나 국왕은 조용히 고개를 저었다.

압도적인 제국군의 힘은 저항할 의지를 잃어버리게 만들 만큼 강했다.

여기서 도망친다 한들 금방 잡혀서 죽을 것이다.

그럴 바에는 명예라도 찾아야 했다.

"나로 끝내 주시오."

국왕의 말에 카리엘이 피식 웃었다.

"거절하지."

국왕 하나로 끝내기엔 제국이 입은 피해가 너무 컸다.

단호한 거절에 국왕의 눈동자가 떨렸다.

"클레타 공작! 왕족을 살리고 싶다면 앞으로 있을 전쟁에 최선봉에 서라! 그대의 목숨 하나로 왕족과 그대 가족들의 목숨만큼은 살려 주지."

그렇게 말하면서 성벽을 바라보았다.

"하지만 로만과 관련된 귀족들은 예외다. 이들만큼은 무조건 참형에 처할 것이다."

카리엘의 자비는 병사들과 상관의 명령에 어쩔 수 없이 끌려왔던 자들뿐.

클레타 공작을 움직일 수 있는 가족과 일부 왕족들을 제외한 고위 귀족들은 전부 죽여 버릴 생각이었다.

"그대의 처우는 서대륙의 통일이 끝난 후 생각해 보지."

무릎 꿇은 탈로스 국왕을 향해 그렇게 말한 카리엘은 타리온에게로 시선을 돌렸다.

"죄인의 신분으로 대하라."

"예! 폐하."

왕에 대한 최소한의 예우 따윈 집어치우고 일개 범죄자로 대하듯 병사들로 하여금 밧줄로 묶었다.

치욕스러운 모습이었지만 누구도 반발하지 못했다.

그동안 탈로스가 지은 죄가 있기 때문이다.

- 서대륙의 불문율을 어겼다.

서대륙 출신의 국가들은 동대륙의 도움을 받는 것을 병적으로 싫어했다. 그런데 탈로스가 그것을 어긴 것만으로도 모자라 손잡고 로만을 서대륙 안으로 끌어들이려 했다.

이것 하나만으로도 탈로스 국민들은 제국에서 배척받아야 마땅한 지경이었다.

그런데 온갖 범죄행위가 드러나고, 마지막까지 추한 모습을 보였으니 탈로스 국왕의 굴욕적인 모습도 당연하다 볼 수 있었다.

"폐하."

갑작스럽게 달려온 타리온이 다급하게 귓속말로 무언가를 속닥거렸다.

그러자 심각한 표정을 지은 카리엘이 곧바로 남부 사령관에게 명령을 내렸다.

"로만의 군대, 잡을 수 있겠나?"

"거리가 있어서 힘들 것이옵니다."

"그래도 시도해 보도록."

"예! 폐하."

카리엘의 명령에 정예 병력만 데리고 황급히 움직인 남부 사령관.

하지만 로만의 밀정들이 자국의 군대에 보고하는 게 한발 더 빨랐다.

탈로스 국왕의 항복 소식을 들은 로만의 군대는 지체 없이 철군 결정을 내렸다. 자칫 잘못했다가는 철수조차 못 하고 전멸할 수 있기 때문이다.

남부 사령관이 전력으로 가 보았지만 로만의 군대가 배를 타는 게 더 빨랐다.

마지막까지 마법사를 이용해 공격해 보았지만 이미 거리가 벌어져 공격하는 데는 한계가 있었다.

"아쉽군."

놓쳤다는 보고를 들은 카리엘이 아쉬운 표정을 지었다.

로만의 전력을 조금이라도 깎아 놓을 수 있는 기회였기 때문이다.

"그래도 목표한 바는 이뤘으니 만족해야겠지."

그렇게 말한 카리엘은 묶여서 무릎을 꿇고 있는 탈로스 국왕을 바라보았다.

마지막까지 저항한 탈로스를 굴복시켰으니 이로써 남부를 평정했다.

이제 남은 것은 성국뿐.

"정리할 최소한 군대만을 남기고 돌아간다. 수도로 데려갈 탈로스의 귀족들을 추리도록."

"명을 받듭니다!"

카리엘의 명령에 모든 지휘관들이 고개를 숙인 뒤 곧바로 분류 작업에 들어갔다.

기준은 간단했다.

1순위. 로만의 끄나풀
2순위. 반란할 가능성이 있는 자들
3순위. 평소 범죄를 많이 저지른 귀족들

1순위와 2순위는 그렇다 치더라도 3순위는 왜 포함시키느냐는 질문에 카리엘은 간단하게 답했다.

"이미지 관리해야지."

탈로스 국민에게 제국군이란 악마처럼 보일 것이다.

언제라도 자신들을 죽일 수 있는 무서운 존재였지만, 자신들을 괴롭혔던 이들을 잡아가 준다면 조금이라도 이미지가 좋아질 가능성이 높았다.

탈로스라는 나라를 집어삼킨 이상 완전히 제국에 통일시켜야 했다.

속국화하지 않고 완전한 제국의 연방에 속하게 하려면 왕국보다 제국이 더 낫다는 것을 보여 줄 필요가 있었다.

그렇기에 기존의 탈로스보다 더 나은 정책을 펼쳐야 했다.

평소 탈로스 국민들에게 악명 높았던 귀족들 같은 경우 카리엘이 직접 칼을 들고 목을 베는 퍼포먼스도 보여 주었다.

"이들과 연관된 이들도 모조리 잡아들여라."

카리엘의 명령에 수도 안에 있는 범죄 조직들을 일망타진하기 위해 제국군이 움직였다.

조금이라도 연관이 있는 자들은 모조리 잡아들였는데, 살기 위해서 배후까지 불어 대는 잡범들 때문에 탈로스의 수도 안에 있는 범죄자들도 줄줄이 잡혀 카리엘의 앞에 모였다.

"너희들의 뒤를 봐주었던 자를 말하거라. 그럼 적어도 목숨만큼은 살려 주도록 하마."

자비로운 표정으로 말하는 카리엘의 모습에 범죄자들은 덜덜 떨며 하나둘 자신들의 배후를 읊어 댔다.

그 과정에서 그림자의 정보망을 피해 있던 귀족들이 하나둘 걸려들기 시작했다.

"개판이네."

여기저기서 걸려드는 물고기들을 보며 피식 웃은 카리엘은 계획을 변경했다.

이왕 할 거면 제대로 해야 했다.

"보름. 그 안에 쓰레기들을 소각하고 갈 것이다. 다 잡아들이도록."

"예! 폐하."

카리엘의 명령에 타리온을 비롯한 군부가 고개를 숙이고는 명을 수행하기 위해 움직였다.

보름의 기간 동안 탈로스 국민들은 제국에서 현 황제가 왜 혈태자로 불렸는지 알 수 있었다. 수많은 사람이 잡혀 들어왔는데, 그중에는 인신매매를 하는 이들도 있었다.

심지어 어린아이들을 학대하는 등의 쓰레기들도 있었는데, 이들은 카리엘이 직접 불을 일으켜 화형을 시켜 주었다.

"끄아아아아!"

"사…… 살려…… 줘……."

보름 동안 수많은 범죄자가 카리엘의 화염에 재가 되어 사라져 갔다.

그리고 떠나는 마지막 날.

가장 흉악했던 이들만을 모아서 광장에 무릎 꿇렸다.

카리엘의 명령에 수많은 탈로스 국민들이 불안한 표정으로 광장으로 모여들었고, 그들이 보는 앞에서 카리엘이 직접 검을 휘두르며 범죄자들의 목을 베어 냈다.

"나의 국민들을 괴롭히는 자들은 짐이 직접 처단할 것이니라. 그러니 짐을 믿어라. 적어도 이전보다는 훨씬 나은 삶을 살게 해 주겠다. 약속하마."

불안해하는 탈로스 국민들에게 그렇게 외치고는 목이 떨어진 귀족들의 시체를 불태웠다.

"짐을 믿어라. 그대들은 짐의 백성들이고, 짐은 백성들을 위해 살아왔노라."

그 말을 들은 탈로스 국민들의 눈에서 황제에 대한 두려움이 서서히 사라지기 시작했다. 이미 제국이라는 나라가 어떻게 변해 가는지 소문을 들어 알고 있는 탈로스 국민들이기에 황제의 약속은 가뭄의 단비와도 같았다.

'우리도 제국민이 되는 건가?'

'우리한테도 위로 향할 수 있는 기회가 생기는 걸까?'

다소 잔인한 성정이지만, 그래서 더 믿을 수 있었다.

자신들의 고혈을 빨아먹는 자들을 자비 없이 처단할 수 있는 단호함이 황제에 대한 신뢰도를 높여 주었다.

그렇게 탈로스 국민들의 눈에서 두려움 대신 희망이 비치기 시작하자 만족스러운 표정을 지은 카리엘은 타리온에게 가지고 온 군량미 대부분을 탈로스에게 풀게끔 했다.

–제국은 탈로스와 다르다!

탈로스 왕궁에 큼지막하게 걸린 현수막.

고통에 신음하던 탈로스 국민에게 막대한 군량미와 자금을 뿌리면서 희망을 준 카리엘은 남부 사령관에게 만약의 사태에 대비해 일부 군대를 남겨 두라고 명령을 내린 후, 주력군과 함께 곧장 수도로 복귀했다.

제국군 일부가 남았지만 탈로스 국민들은 불안해하기는커 녕 더 좋아했다.

카리엘이 일부 군대를 주둔시킨 것은 어디까지나 치안을 위해서기 때문이다.

대부분의 범죄 조직들을 잡아들이고, 반란을 일으킬 만한 고위 귀족들을 대거 잡아들여 수도로 복귀했기에 큰 분란이 일어날 가능성은 낮았다.

그래도 갑작스럽게 왕국이 붕괴되었으니 불안정할 것은 감안해야 했다.

보통 이럴 경우 주력군이 몇 개월간 상주하면서 안정을 시키고, 새로이 고위 관료들이 와서 제국의 체제에 맞게 변화시켜야 했다.

카리엘 역시 이를 잘 알고 있었다.

그럼에도 불구하고 주력군을 전부 데리고 올라간 이유는 단 하나였다.

"성국에 명한다! 항복을 할 것인지, 아니면 끝까지 대항할 것인지 정하라!"

성국에게 최후통첩을 내린 카리엘.

수도에 도착하자마자 아켈리오와 황궁 기사단만을 남긴 카리엘은 남은 병력을 죄다 북부로 올려 보냈다.

최후통첩을 받아들이지 않을 시 그대로 성국을 밀어 버리 겠다는 협박이었다.

동시에 로테온에는 마지막 기회를 주었다.

"스스로 자복할 기회를 주마."

로테온의 국왕에게 미지의 세력에 가담한 자들, 그리고 탈로스처럼 로만과 손잡은 이들이나 흑마법사의 끄나풀 등을 스스로 잡아 오라 명했다.

탈로스처럼 개판이 아니었던 로테온이었고, 그들이 자랑하는 정보부 역시 그대로였기에 가능한 명령이었다.

이미 탈로스를 피바다로 만들었던 경력이 있는 카리엘이 로테온에서 그러지 말란 법은 없었기에 국왕이 스스로 귀족들을 잡아들이게끔 한 것이다.

"후…… 탈로스처럼 될 수는 없겠지."

국왕이 범죄자처럼 질질 끌려가고, 대부분의 귀족들이 잡혀 들어가면서 탈로스는 혼란에 빠졌다.

그 과정에서 많은 사람들이 처형을 당했다.

모두 범죄자들이라고는 하지만, 모두 남부 상권의 한축을 이루던 귀족들이었다.

그들이 죄다 처형당했으니 남부의 힘이 쭉 빠져 버린 것이다.

로테온 국왕은 그것만큼은 막기 위해 스스로가 굴욕을 감수하고 나섰다.

"가문은 유지시키시게."

"……전하."

"저항하면 몰살이네."

로테온 국왕의 말에 그의 앞에 모인 귀족들은 고개를 숙였다.

이미 이들은 탈로스에서 일어난 일을 상세히 알고 있었다. 발표되기로는 범죄자들만 처단했다 알려졌지만, 카리엘은 그와 관련된 가문의 모든 인물들을 전부 처형시키거나 잡아들였다.

이유는 간단했다.

마약상과 손잡은 가문은 귀부인이나 소가주도 썩었기 때문이다.

마약을 판 돈으로 사치품을 사들이고 향락을 즐겼으며, 심지어 그런 이들 대부분이 어린 노예를 사들이기도 했다. 그렇기에 아주 어린아이들을 제외한 가문의 모든 이들을 죽여 씨를 말려 버린 것이다.

남부에서 힘 있는 자들은 대부분 즐기는 것들은 제국에서 엄격히 금하는 일들이 대부분이었고, 카리엘은 제국법을 근거 삼아 전부 죽여 버린 것이다.

그렇기에 로테온 역시 그런 전철을 밟을 가능성이 높았다.

물론 이런 상황에서도 끝까지 저항하는 이들도 있었다.

이들은 로테온의 군부가 직접 움직여 잡아들였으나, 결국 끝까지 숨어 잠적해 버린 자들도 있었다.

황제는
은퇴하고
싶습니다

하지만 이들 역시 일주일을 버티지 못하고 제국으로 범죄자를 이송하는 마차에 실려 버렸다.

로테온의 군부를 피한다 한들 제국의 그림자들의 추적까지는 피할 수 없었던 것이다.

"나머지는 저희가 하지요."

직접 군을 이끌고 온 타리온이 로테온의 수도를 이 잡듯 뒤지기 시작했다.

애초에 카리엘은 로테온 국왕을 믿지 않았다.

그들과 가까운 이들은 봐줄 것을 알고 있었기에, 그런 이들마저 전부 조사해서 잡아들인 것이다.

그렇다 보니 그 굴욕적일 정도로 잡아들이는 모습에 발끈하는 이들이 있었다.

그들 중 하나가 피레스 공작이었으나, 그 역시 별반 힘을 쓰지는 못했다.

제국의 새로운 검이자 불세출의 천재가 타리온과 함께 왔기 때문이다.

"폐하께서 전하셨습니다."

자신을 바라보는 피레스 공작을 싸늘한 얼굴로 마주하며 글렌이 말했다.

"엎드릴 거면 확실히 엎드려라. 어설프게 서 있을 시 로테온을 지도상에서 지워 버리겠다."

황제의 명을 전달한 글렌은 말없이 등을 돌렸다.

그러자 피레스 공작이 굴욕감에 주먹을 쥐고 부르르 떨었다.

하지만 할 수 있는 것은 없었다.

상공을 가득 메운 비공선들부터 제국의 특수부대들까지 전부 로테온 주변에 잠복해 있었기 때문이다.

그렇게 타리온을 중심으로 한 제국군이 로테온에 남은 범죄자들을 죄다 잡아들일 때, 카리엘은 또 다른 명령을 내렸다.

"이제 당한 것을 갚아 줄 때가 된 것 같군."

"준비시키겠습니다."

카리엘의 명령에 조용히 고개를 숙이고 나가는 시종장.

그동안 로만에 의해 제국이 고통받은 것이 얼마던가. 이젠 반대로 갚아 줄 때가 되었다.

"너희도 엿 같은 게 어떤 건지 맛봐야지?"

그렇게 중얼거린 카리엘이 빙그레 웃었다.

로만이 서대륙을 분열시키려 했던 것처럼 카리엘 역시 동대륙을 그리해 줄 것이다.

✻

동대륙에 있는 가장 강력한 국가인 로만.

신기하게도 똑같은 제국인 이그니트와 달리 로만은 동대

륙의 다른 국가들에게 큰 견제를 받지 않았다.

그 이유는 간단했다.

'단 한 번도 통일 전쟁을 일으킨 적이 없다.'

로만은 항상 일정 수준 이상의 영토를 탐낸 적이 없었다.

심지어 일시적으로 자신들의 영토를 떼어 준 적도 있을 정도였다.

오랜 시간에 걸쳐 동대륙 국가들을 관리해 왔던 로만이기에 서대륙에 간섭할 여유를 가질 수 있었고, 그 결과 이그니트를 비롯한 서대륙 국가들이 로만에 흔들려 왔던 것이다.

그걸 방지하고자 서대륙에 동대륙 국가들에게 놀아나지 말자는 암묵적인 룰까지 생겼다.

그럼에도 불구하고 서대륙 국가들은 로만에게 놀아났다.

"이그니트를 막아야 하지 않겠나?"

"우리들의 도움을 받으면 이그니트를 멸망시켜 주겠다."

"일단 살고 봐야 하지 않겠나? 우린 철벽만 가져가지. 나머지는 그대들이 알아서 해라."

여러 번에 걸친 꼬드김.

평소라면 개가 짖는다고 생각하겠지만 국가의 명운이 걸리자 로만의 제안은 달콤하게 변해 갔다.

결국 손을 잡았고, 남부 왕국들은 멸망이라는 결과를 낳았다.

서대륙에 엄청난 혼란을 야기한 로만에게 똑같이 갚아 주기 위해선 그들이 사용한 방법을 그대로 행할 필요가 있었다. 그래서 카리엘은 가장 먼저 동대륙 국가들과 로만과의 사이를 벌리려 했다.

"의외로 로만과 동대륙 국가들과의 유대 관계가 상당히 깊습니다."

처음 카리엘이 동대륙 국가들을 지원하고자 할 때 했던 타리온의 보고.

분명 제국의 돈에 매수된 자들은 상당히 많았다.

하지만 반대로 로만과 공존을 바라는 자들 역시 많았다.

그 결과 동대륙 내에서 확실히 이그니트의 편을 든 것은 윙사르뿐이었다.

과거 로만에 크게 당한 역사가 있는 윙사르만이 이그니트와 손잡으면서 견제할 뿐, 다른 국가들은 미적지근한 반응을 보였다.

그렇기에 이번에는 단순히 자금만 때려 박는 무식한 방법 대신 시간을 들이더라도 확실한 방법을 택할 생각이었다.

"준비는?"

"끝났습니다."

카리엘의 명령에 고개를 숙인 외무대신.

"슬슬 시작해 보자고."

"예."

카리엘의 명령에 대답하고 나가는 외무대신.

서대륙 통일이 코앞으로 다가왔다지만 그만큼 제국이 할 일은 많았다.

남부를 완전히 제국의 영토로 만드는 데에는 시간이 걸릴 수밖에 없었고, 아직 미진한 부분 역시 발전을 계속해야만 했다.

하나 그렇다고 성국과 동대륙의 작업을 포기할 수도 없기에 일단 밑작업부터 시작할 생각이었다. 그 첫 번째 방법이 바로 로만을 공공의 적으로 만드는 것이었다.

-흑마법사와 손잡은 로만?

가장 먼저 사설 신문을 이용한 밑작업을 시작했다.

로만에서 넘어온 상인들로부터 들은 정보들을 이용해서 내부에 어떤 흉흉한 소문이 돌고 있는지를 알렸다.

그들의 강력한 언론 통제와 더불어 흑마법사들이 있을 가능성이 높은 지역을 군대로 통제하고 있다는 것까지 신문에 실은 것이다.

-A상인 : 이미 마계 게이트가 열렸을 가능성도 있다.

이런 내용까지 실렸지만 이때까지만 해도 믿지 않았다.

대륙을 돌아다니는 상인들이 많은 정보를 가져다주기는 하지만 그만큼 허구도 많았기 때문이다.

마계 게이트가 열렸다?

아무리 로만이라도 이걸 그냥 넘기는 건 말이 되지 않았다.

그들도 인간이니만큼 마족들이 대륙에 넘어오는 걸 그냥 두고 본다는 건 있을 수 없는 일이기 때문이다.

그런 상황에서 신문은 어디서 가져왔는지 지속적으로 동대륙에 관한 정보들을 물어 왔고, 그러다 보니 제국민들도 이게 단순한 뜬소문은 아닐 것이라는 생각까지 하게 되었다.

바로 그때 외무대신이 나섰다.

"현재 제국에 퍼지고 있는 소문의 심각성을 폐하께서도 인지하고 계십니다. 폐하께선 이 사안에 대해서 정식으로 로만에 묻기로 했고, 성국에 이 사안에 대한 협조를 얻고자 하십니다."

서대륙을 침공하려 했던 로만에 외교 채널을 열고, 그와 동시에 제국과 전쟁 중인 성국에 이 사안에 협조할 것을 요구한다는 정식 발표에 모두가 놀랐다.

전쟁 중인 적국과 협조한다?

상식적으로는 이해가 가지 않는 행보였기 때문이다.

하지만 이건 철저하게 계산된 행동이었다.

남부 왕국들의 마스터들을 앞으로 전쟁에 써먹을 것처럼 교황 역시 흑마법사들, 마족들과의 전쟁에서 최전선에 써먹을 생각이었다.

태양검과 교황이라는 두 마스터급 존재를 전장에 세우는 대가로 교국으로나마 자치권을 보장할 생각이었다.

성국이 가졌던 대부분의 영토를 빼앗고 수도와 인근의 영토만을 허락한 채 간신히 명맥만 남겨 둘 생각이었으나 그들은 받아들을 수밖에 없을 것이다.

이런 선택을 한 것은 순전히 남부 왕국들보다 성국의 가치가 더 높기 때문이다.

1. 흑마법사와 상극이 되는 힘을 다룬다.
2. 두 명의 마스터를 보유했다.
3. 성국이 보유하고 있을 흑마법사와 마족에 대한 정보의 가치가 높다.

이 세 가지 이유 때문에 카리엘은 성국에게 자비를 베풀었다.

물론 성국도 자존심이 있으니 곧바로 이 제안을 받아들일 수는 없을 것이다. 자존심이 강한 그들이라면 마지막까지 성전이라는 미명 아래 싸울 수도 있다.

그래서 카리엘은 그동안 자신이 받은 정보들을 조금씩 풀었다.

성국이 항복할 수 있는 명분을 만드는 것이다.

"성국의 반응은?"

"아직입니다. 하오나 전쟁을 멈춘 걸 보면 확실히 내부에서 의견이 갈리는 중인 것 같습니다."

타리온의 보고에 카리엘이 미소를 지었다.

현재 성국 내부는 카리엘이 지원하는 혁명 세력으로 골치가 아팠지만, 더 큰 문제는 로만의 세력과 손잡은 추기경들이었다.

그들이 교황에게 반기를 들면서 성국 내부가 둘로 갈라진 것이다.

"교황도 골치 아프겠군."

"그러게 말입니다."

카리엘의 말에 타리온이 쓴웃음을 지으며 말했다.

제국과 전쟁하기 전이라면 금방 정리했을 세력이지만, 현재는 곤혹스러울 정도로 커져 버렸다.

지금 당장 전쟁을 멈추고 내부를 수습하면 좋겠지만, 과연 제국이 그걸 두고 볼까?

군을 뒤로 물리는 순간 제국은 병력을 성국 안으로 들이밀 것이다.

"북부 사령관은?"

"이미 만약의 사태에 대한 준비가 끝났습니다."

성국이 군을 뒤로 물리는 순간, 더욱 압박하기 위한 준비가 끝났다.

이미 까마귀들로 하여금 혁명 세력과 지속적으로 연락을 주고받고 있었다.

탈로스와 로테온을 집어삼킨 것처럼 혁명 세력이 들고일어나는 사이 성국의 영토를 집어삼킬 것이다.

"자! 그럼 슬슬 마지막을 장식해 보자고?"

"예."

카리엘의 명령에 타리온이 곧바로 밖으로 나갔다.

그리고 그날 저녁이 되기 전, 공영 신문에서 제국이 갖고 있던 증거들을 무더기로 쏟아 내며 발표했다.

- 로만은 정녕 대륙에 마계의 문을 열고자 하는가?

이그니트 제국의 질문에도 입을 꾹 닫고 있는 로만에게 하는 의문.

수많은 증좌들이 존재하는데도 침묵하는 로만을 향해 비난을 가했다. 동시에 성국을 압박했다.

마계의 문이 열리게 생겼는데, 신을 믿는 종자들이 자신의 이득만 챙기려 한다는 것에 실망한다는 듯 여론을 움직였다.

그러자 성국 내부가 혼란에 빠졌다.

"이게 맞는 건가?"

"신의 자손인 우리들이 먼저 움직여야 하는 거 아닌가?"

"대체 신전은 무얼 하고 있는 거지?"

성국에 있는 국민들이 신전을 의문에 찬 표정으로 바라보았다.

상황이 이렇게까지 흘러갔음에도 내부 다툼에 열중하는 그들을 보면서 '과연 이들을 믿어도 되는가?'란 의문이 생긴 것이다.

바로 그때, 불의 신전이 움직였다.

"끄아아악!"

온몸이 불에 타며 괴로워하는 한 남자.

문제는 불에 타는 남자의 몸에서 엄청난 양의 흑마력이 빠져나오고 있다는 점이었다.

"흑마법사다!"

"성국에 흑마법사가 숨어들었어!"

불의 사제들이 밝혀낸 흑마법사.

심각한 건 그들이 사제처럼 하얀 로브에 사제만이 박을 수 있는 문양을 그려 놓은 옷을 입었다는 것이다.

성국의 시골 촌구석에서 발생한 일이었기에 묻으려면 묻을 수도 있었을 것이다.

하지만 때가 좋지 못했다.

하필 성국의 국민들의 믿음이 흔들리는 때에 이런 사건이 발생한 것이다.

그 결과 전국적으로 국민들이 들고일어나기 시작했다.

"……일부러 이때를 노린 것인 듯싶군요."

"그런 것 같습니다."

교황의 말에 태양검이 이를 갈면서 답했다.

미리 파악해 놓은 흑마법사를 성국이 가장 취약한 때에 맞춰서 잡았다.

지금 제국은 성국에게 선택을 강요하고 있었다.

"얌전히 항복하라는 뜻이군요."

교황이 허탈한 웃음을 터뜨리다가 한숨을 쉬었다.

남부 왕국들처럼 성국의 정예 병력을 사용하기 위해 자비를 베푸는 척 항복할 기회를 주었다.

하지만 이게 과연 좋은 것일까?

언제든 반란을 일으킬 수 있는 자신들을, 제국이 과연 가만 놔둘까?

절대 그러지 않을 거다.

삼엄한 감시 속에서 전쟁터에서만 힘을 발휘하게끔 제약을 가할 것이고, 성국과 남부 왕국들의 정예 병력 역시 사방으로 찢어 놓을 것이다.

철저하게 동대륙과의 전쟁에만 사용하게끔 만들 게 분명했다.

"사실 제국이 이렇게까지 하는 게 이상하긴 합니다."

태양검의 말에 교황 역시 같은 생각이라는 듯 고개를 끄덕였다.

남부를 점령한 시점에서 강하게 밀고 들어와 끝내면 그만인 것을, 이렇게 스스로 항복할 기회를 준다는 것 자체가 제국이 자비를 보인 것이다.

교황이나 태양검이 아는 황제는 그런 자비를 보일 자가 아니었다.

"우리의 목숨을 살려 줄 정도로 동대륙의 사태가 심각하긴 한 것 같군요."

교황이 그렇게 말하면서 심각한 표정을 지었다.

최근까지 발표한 것들을 전부 들은 교황은 로만 내부에서 일어나는 일이 정말 심각하다는 생각이 들었다.

"……또다시 치욕을 감내하고 미래를 보아야 하는가?"

성국으로 독립하기 전, 기나긴 세월을 치욕 속에서 살아왔다.

하지만 또다시 제국의 그늘에 들어가야만 하는 처지가 되었다. 하필 그것이 자신이 집권하는 기간에 일어난 것에 신을 원망하면서 한숨을 쉬었다.

며칠 후, 결단을 내린 교황이 홀로 제국군으로 찾아갔다.

"폐하를 뵙고 싶습니다."

"홀로 온 것이오?"

시카리오 후작의 물음에 교황이 입술을 깨물다가 말했다.

"성국은 제국과 함께 마족들을 처단하고자 합니다."

"폐하께 그대의 뜻을 말씀드리겠소."

시카리오 후작이 그렇게 말한 후, 사라지자 교황의 주위로 데이비어 공작과 월크셔 공작이 가까이 다가왔다.

허튼짓이라도 할 경우 곧바로 공격하기 위함이었다.

하지만 교황은 가만히 고개를 숙이고 신을 찾을 뿐이었다.

교황이라는 인물이 홀로 제국군을 찾아왔기 때문일까?

이 소식은 순식간에 북부 전체로 퍼져 갔고, 며칠 후 카리엘이 직접 비공선을 타고 북부로 찾아왔다.

"앞으로 잘해 봅시다."

"기회를 주셔서 감사합니다."

카리엘의 악수를 받으며 교황이 고개를 숙였다.

악수하는 것을 마지막으로 협정문과 항복의 대가로 성국의 교황만이 들 수 있는 홀을 카리엘에게 넘겨주었다.

그 순간 제국을 비롯한 서대륙 전체에 교황이 항복했다는 소식이 전해졌다.

-대의를 위해 항복한 교황! '지금은 싸울 때가 아닌 힘을 합할

때! 동대륙에서 일어난 일을 막기 위해 모든 힘을 다할 것이다!'

　-교황의 숭고한 뜻에 감명한 카리엘 황제! '교황의 숭고한 뜻을 존중하는 바, 교국의 지위를 유지하고 자치권을 보장하겠다!'

성국이 갖고 있던 많은 땅들이 제국에게 돌아갔지만 그런 건 상관없었다. 그들이 가졌던 명예와 자부심만은 지켰다는 게 중요했다.

성국의 지위를 잃고 교국으로서 서대륙 유일의 중립지대가 된 것으로 만족하게 된 상황.

그들이 힘들게 쌓아 올린 대부분의 힘을 잃고 나락으로 떨어진 좌절감과 분노는 교황에게 반기를 든 추기경과 그 세력에게 돌아갔다.

"사…… 살려……."

"늦었습니다. 참회는 지옥에 가서 하시길."

단호한 음성과 함께 직접 추기경을 죽인 교황이 얼굴로 튄 피를 닦아 내며 말했다.

"전부 쓸어 버리세요. 앞으로의 성전에 악마의 하수인들은 필요 없습니다."

"예."

교황의 명령에 태양검이 고개를 숙이고는 조용히 검을 뽑아 들었다.

그렇게 교황이 성국의 지존으로서 마지막 명령을 내릴 때, 제국은 본격적으로 동대륙의 분란을 일으킬 준비를 시작했다.

　막대한 자금을 투입하면서 동대륙의 모든 국가에 하나의 여론을 만들었다.

　-인류의 적인 로만을 그대로 둘 것인가?

공공의 적을 만들기

성국의 내부가 정리되어 가면서 정식으로 교황이 항복 문서를 작성했다. 교국 수준으로 내려가며 과거 야금야금 받아먹었던 제국의 땅을 반환하는 절차를 마치면서 속국이 되길 청한 것이다.

성국마저 굴복하며 이그니트 연합으로 들어오자 제국은 문서상으로는 완벽하게 서대륙을 통일한 형태가 되었다.

아직 여러 절차도 남아 있었지만 통일을 했기에 큰 문제는 끝난 것이다.

- 세인트리아 교국 이그니트 연방 가입 요청서.

교황의 직인이 찍힌 요청서를 가만히 바라본 카리엘이 긴 한숨을 토해 냈다.

마침내 1차 목표를 이룬 느낌이다.

이제 적어도 서대륙 안에서 뒤통수 맞을 일은 현저히 줄어든 셈이기 때문이다.

안방을 안정화했으니 적어도 전생보다는 나은 결과를 맞이할 터.

"남은 건 로만인가?"

이그니트를 지독하게 괴롭혀 왔던 로만을 정리하는 것.

이건 서대륙을 통일하는 것보다 훨씬 어려운 작업일 것이다.

웬만하면 마족들의 게이트가 완전히 열리기 전에 막고 싶지만 그것조차 쉽지 않을 것이다.

목표는 그들이 지옥의 문을 열지 못하게끔 하는 것.

카리엘은 이미 마족들과의 전쟁은 기정사실로 보고 있었기에 지옥문을 막느냐 못 막느냐의 싸움이었다.

동대륙에서 들어온 정보들을 토대로 다음 계획을 세우고 있을 무렵.

때마침 타리온이 보고하기 위해 황제의 궁을 찾았다.

"로만의 상황은?"

"당혹스럽다고 전해 왔습니다. 자신들과 흑마법사들과는 무관하며 성국에 있는 자들 역시 일부 귀족들의 짓으로 몰아가고 있습니다."

예상했던 대응에 카리엘이 재미없다는 표정으로 물었다.

"최종 작전은?"

"외무대신이 이미 시작했습니다."

타리온이 그렇게 말하면서 보고서를 카리엘에게 주었다.

"좋네."

카리엘이 보고서를 보면서 만족스럽게 고개를 끄덕였다.

서대륙보다 크기가 큰 동대륙에는 당연히 많은 숫자의 국가들이 있었다.

거기에 이그니트가 접근하기도 쉽지 않은 상황.

그렇기에 동대륙에 접근하는 건 신중을 기할 필요가 있었고, 크게 세 가지 방법으로 접근했다.

첫 번째로 언론 플레이를 통해서 로만을 지속적으로 압박하는 것.

두 번째는 동대륙 국가들의 수뇌부에게 접근하는 것.

마지막으로 로만을 옹호하는 국가들을 마족과 손을 잡은 대륙의 적으로 몰아가는 작업.

첫 번째와 두 번째는 진즉 진행되고 있었고, 마지막 세 번째를 외무대신을 통해 진행하기 시작한 것이다.

마지막 작전을 위해 외무대신을 통해 동대륙 국가들과 비밀리에 접선했다.

서대륙 전쟁이 시작되었을 때부터 계속해 왔던 작업이 막바지에 들어간 것이다.

대륙의 모든 사람들이 이그니트가 로만을 공격하려 하는 건 누구라도 예상하고 있었고, 로만 역시 이를 피하지 않을 것이다.

자존심 강한 두 제국이 전쟁을 하는 건 시기상의 문제일 뿐이다.

문제는 그 시기를 언제로 하느냐에 따라 결과가 판이하게 달라진다는 것이다.

1. 내부를 수습하고 움직인다.
2. 곧바로 움직인다.
3. 마족들이 준동할 때까지 기다린다.

2번의 경우 다소 무리가 있었다.

하지만 로만도, 마족들도 준비가 완벽하지 않았기에 허를 찌를 수 있는 시기이기도 했다.

반면에 1번은 애매했다.

이그니트가 완벽하게 내부를 수습할 수 있는 건 좋았지만 그건 로만 측도 마찬가지다.

그렇다고 마족들이 준동할 때까지 기다린다?

인류의 힘을 한데 모을 수는 있을 것이다.

하지만 전생에서 끝도 없이 몰려들던 마물들을 생각하면 이것 역시 좋은 방법은 아니었다.

그렇기에 다른 방법을 찾았다.

로만을 제외한 동대륙 국가 전체를 설득하기엔 시간이 너무 많이 걸린다.

그래서 방법을 바꾸었다.

'되는 놈만 데리고 압박한다.'

굳이 모든 이들을 데리고 로만을 압박할 필요가 없었다.

일단 설득되는 자들만 뭉쳐서 로만과 싸울 준비를 해야 했다.

그러기 위해서 이그니트의 정예군을 철벽으로 이동시켰다.

직접적으로 군사적인 움직임은 보이지 않는다 하더라도 로만이 허튼짓을 못 하도록 압박은 해야 했다.

당장이라도 전쟁이 날 것처럼 긴장감을 조성하고 그동안 제국은 내실을 다진다.

동시에 외교적으로 압박하면서 동대륙 국가들을 살살 꼬드길 생각이었다.

북쪽은 - 로만 연맹

남쪽은 - 이그니트 연맹

동대륙을 크게 남과 북으로 나누는 것.

윙사르를 중심으로 남쪽 해안 지역의 국가들은 전부 이그니트와 동맹을 맺게끔 할 것이다.

물론 동쪽 끝 지역의 사막 제국 산드리아를 제외한 모든 국가를 둘로 나누고, 로만과 손잡은 이들을 인류의 적으로 규정할 것이다.

이렇게만 되어도 로만과 손잡은 국가들은 큰 압박감을 느낄 것이다.

"인류의 적으로 만들기만 해도 일이 쉬워질 텐데…… 쉽지 않아."

"로만이 오랜 시간 제국으로 군림했기에 그런 것 같습니다."

동대륙 국가들이 은연중에 갖고 있는 로만의 이미지.

그건 자신들보다 상국이라는 것과 동대륙의 중심이라는 이미지였다.

이걸 깨부수기 위해 인류의 적으로 만들어야 하지만 쉽지 않았다.

"아무래도 내가 직접 움직여야겠어."

"폐하!"

타리온이 발작하듯 말하자 시끄럽다는 듯 귀를 후벼 파는 카리엘.

"동대륙 국가들에게 확신을 심어 주려면 내가 직접 움직이는 게 낫잖아."

카리엘의 말에 타리온이 입술을 깨물었다.

자신들이 쓰고 버리는 말이 아니라는 확신을 주기 위해선 남쪽 국가들의 주요 인사들을 카리엘이 직접 만날 필요가 있었다.

진정한 동맹국이라는 이미지를 심어 줘야만 움직여 줄 것이다.

"너무 위험합니다."

타리온이 절대 안 된다는 표정으로 말했다.

그 역시 상황의 심각성은 잘 알고 있었지만, 그걸 감안해도 카리엘이 움직이는 건 고개를 저을 수밖에 없었다.

그들을 설득하는 것보다 만에 하나라도 있을 위협에서 카리엘이 벗어나는 게 더 중요했기 때문이다.

"저희가 하겠습니다. 조금만 더 시간을 들이면……."

"시간이 없다는 거 알잖아."

시간은 자신들의 편이 아니었다.

마족들이 본격적으로 넘어오기 시작하면 골치 아팠다.

그 전에 결판을 봐야 했다.

"해적왕을 불러."

"예? 그는 왜……?"

"해적왕에게 이번 사안을 맡겨야겠어."

카리엘의 말에 타리온의 표정이 어두워졌다.

자신들을 믿지 못해서 그런다고 생각했기 때문이다.

"쉽게 가려고 이러는 거니까 그런 표정 지을 거 없어."

아무리 그림자들과 비밀 수호대가 뛰어나다 하지만 오랫동안 동대륙과 밀무역을 해 온 해적들보다 뛰어나지는 않았다.

적어도 동대륙에서 바다를 끼고 있는 국가들이라면 해적들과 교류가 더 많았을 것이다.

카리엘은 그것을 본격적으로 이용하기로 마음먹었다.

"아이사 군도를 진짜 '중립국'으로 만든다."

"설마……."

"그래. 아이사 군도에서 동대륙의 국가들과 회담을 가질 거야. 하지만 그 전에…… 몰래 한 번은 봐야겠지."

해적왕을 통해 동대륙 국가들의 수장들과 비밀리에 회담을 가진다.

그 후, 정식으로 아이사 군도를 중립국으로 발표하고 정식으로 대마족 토벌군 결성을 위한 회담을 가질 생각이었다.

'2개 국가 이상만 먼저 마음먹어 준다면 쉬워질 거야.'

그렇게 생각한 카리엘이 타리온에게 명령을 내려 해적왕을 불러오게끔 했다.

비밀 회담으로 윙사르를 제외한 두 개 국가만 확실히 이그니트의 편을 들어 준다면 정식 회담을 발표하면서 여론을 끌어 볼 수 있었다.

지금처럼 이그니트의 돈을 빨아먹기 위해 동맹을 하는 척하는 것이 아닌 정말 마족들을 몰아내기 위한 동맹체가 되어야 했다.

✳︎

계획을 위해 해적왕을 부르자 그는 카리엘의 부름만을 기다렸다는 곧장 제국의 수도로 비밀리에 입국했다.

"엄청나군."

제국에서도 혁신의 상징이라 불리는 세일럼이었지만, 규모만 보면 이그니트의 수도에 비할 바가 안 되었다.

동서남북으로 연결된 철도는 물론이고, 중앙 지역 곳곳으로 뻗은 도로들 역시 감탄할 만했다.

도로에서 움직이는 건 대부분 마력을 동력으로 하는 마동차였기 때문이다.

거기다 엄청난 숫자의 비공선들이 날아드는 모습 역시 장관이었다.

무엇보다 해적왕을 부럽게 하는 것은 탈로스와 로테온 출신의 상인들이 제국의 수도를 아무런 제지 없이 방문하고 있다는 점이다.

얼마 전까지 전쟁을 했었던 출신들이 아무런 제지 없이 수도 안으로 들어서는 모습은 부럽기만 했다.

그에 반해 자신들은 아직까지도 정식으로 제국의 수도에 들어올 수 없었다.

세일럼이야 자유롭게 드나들고 있지만 그조차도 얼마 되지 않았다.

카리엘에게 국가로 인정받았음에도 서대륙 사람들에게 자신들의 이미지는 해적이었다.

'우리도 이렇게 될 수 있다.'

범죄자가 아닌 정식 국가의 왕.

사실 카리엘 입장에선 서대륙을 통일한 시점에서 골치 아픈 아이사 군도를 토벌하고 이그니트에 복속시킬 수도 있을 것이다.

하지만 그렇게 하지 않았다.

-진정한 중립국이 되고자 한다면 수도로 찾아오라.

이 한 문장에 해적왕은 고민조차 할 수 없이 곧바로 움직였다.

"폐하를 뵙습니다."

비밀리에 황궁으로 들어온 해적왕이 카리엘을 보자마자 무릎을 꿇었다.

"앉게."

무릎 꿇은 해적왕을 손수 일으켜 세운 카리엘이 의자에 앉힌 후 차를 가져오게 시켰다.

"서신은 받았나?"

"예, 폐하."

조심스럽게 대답하는 해적왕을 보면서 카리엘이 진중한 표정으로 말했다.

"짐이 예전에 말했지, 그대들을 중립국으로 만들어 주겠다고."

"그리하셨습니다."

"이제 그 약속을 지킬 차례다."

카리엘의 말에 해적왕이 고개를 들며 물었다.

"저희를 복속하시지는 않는 겁니까?"

해적왕의 물음에 카리엘은 단호하게 고개를 저었다.

"그대들은 중립국으로 남을 것이다."

카리엘의 말에 해적왕의 눈동자가 떨렸다. 혹시 쓸모가 다해 버리는 것은 아닌가 싶었기 때문이다.

"버리는 게 아닌 진정한 중립국으로 만들고자 함이다."

"……정말입니까?"

"그래. 동대륙과 서대륙 어디에도 속하지 않고 중립을 지키는 국가. 그런 국가를 만들 것이다."

그렇게 말하면서 카리엘이 품속에서 제안서를 꺼내 해적왕에게 건넸다.

"마족에 관해서는 그대도 들은 바가 있겠지."

"예."

"난 대마족 토벌군을 만들 생각이야. 그러자면 그 전에 반마족 연합을 만들어야겠지."

그렇게 말한 카리엘이 자신의 계획을 간략하게 설명했다.

"비밀 회담을 열 것이야. 회담 장소는 당연히 그대들의 땅에서 열 것이고."

"……"

"향후 정상회담이 열린다면 그대들은 동대륙과 서대륙 양쪽에서 인정받는 중립국이 될 테지."

이미 남쪽의 바다를 대부분 장악한 해적왕이다.

그들이 중립국이 된다면 예전에 카리엘이 말했던 것처럼 무역로를 이용해 돈을 버는 국가가 될 것이다.

"짐은 약속을 지키고자 한다. 그대는 이걸 받아들이겠나?"

카리엘의 물음에 한참을 침묵하던 해적왕이 고개를 숙였다.

"예, 목숨을 바쳐 폐하께서 임무를 완수하겠습니다."

"그리하지 말게. 그대는 한 국가의 수장. 짐의 수하가 아닐세."

다시 한번 고개를 숙이려는 해적왕을 제지한 카리엘이 그를 똑바로 세운 후 악수를 청했다.

국가 대 국가의 수장끼리 하는 정당한 악수.

"대륙의 평화를 위해 힘써 주시게."

"……예."

감격한 표정으로 말하는 해적왕을 보면서 고개를 끄덕였다.

해적왕을 설득한 카리엘은 하루 종일 해적왕에게 황궁과 수도 곳곳을 보여 주면서 앞으로 아이사 군도와 제국과의 미래를 얘기했다.

그러면 그럴수록 점차 눈이 몽롱하게 변하는 해적왕.

카리엘의 말발에 홀랑 넘어간 해적왕이 반드시 일을 성사시키겠다고 다짐하며 아이사 군도로 복귀했다.

그 모습을 옆에서 빠짐없이 지켜본 수르트가 새삼 감탄했다는 듯 말했다.

-말발 하나는 죽여주는군.

＊＊＊

해적왕을 꼬드긴 카리엘의 다음 행보는 언론이었다.

이미 제국 내에서야 마족들의 행보를 상세히 아는 사람이 많았지만 당장에 옛 남부 왕국들이 있던 곳만 가도 관심이 없는 사람이 흔했다.

급격한 개혁으로 자신들의 삶에 신경 쓰기도 바쁜데 저 먼 곳의 일까지 신경 쓸 여력이 될까?

그렇기에 이들에게 마족이란 존재가 자신의 삶에 위협이 될 수 있다는 것을 확실하게 알려 주어야만 했다.

- "위험 지역을 개방하라! 그러지 않으면 인류의 적으로 대할 것이다!" 로만에 최후통첩을 한 이그니트.
- 로만, 사실상 흑마법사들과 동맹 관계일 가능성이 높다는 게 학자들의 주류 의견.
- 로만이 제국의 의견을 묵살할 경우 대륙 전쟁이 일어날 가능성이 높다.

공식적으로 로만에게 최후통첩을 하고 동시에 이 사실을 언론을 통해 모든 이에게 알렸다.

명분도 있으니 로만이 거절할 방법은 없을 터.

이뿐만이 아니었다. 말로만 하면 이게 심각한지 못 알아먹을 가능성이 높으니 강도 높은 압박을 가했다.

철벽의 요새로 제국의 비공선과 군수물자들을 빠르게 모으기 시작하면서 전쟁이 임박했음을 대외적으로 알린 것이다.

"진짜 전쟁인가?"

"마족들이라면 어쩔 수 없긴 하지."

다시 한번 전쟁의 징후가 보이자 그제야 남부 사람들도 지금 사태가 얼마나 심각한지 확실하게 알 수 있었다.

심각성을 인지했으니 다음 단계로 넘어가야 하는 법.

-과거 대륙 전체를 무너뜨리려 했던 마족! 그들이 다시 넘어오는 가?

역사학자들이 일제히 마족에 대한 위험성을 알리기 시작했다.

과거의 사례들을 통해서 마계의 게이트가 열린다면 대륙은 멸망이라는 점을 지속적으로 알리고, 흑마법사들과 손잡은 로만을 천천히 인류의 적으로 만들어 갔다.

서대륙 전체가 이런 인식을 갖기 시작하자 이런 인식은 동대륙에도 조금씩 스며들기 시작했다.

"정말인가?"

"그렇다니까. 이미 이그니트는 로만과 전쟁도 불사할 것이라는 소문이 파다해!"

"허…… 그럼 이곳도 이제 슬슬 입장 정리를 해야 하는 것 아닌가?"

상인들에 의해 이그니트의 소식이 전해지기 시작하자 동대륙의 국가들 역시 갑론을박을 벌이기 시작했다.

설마 로만이 진짜 거기까지 하겠냐는 의견과 지금이라도 이그니트와 손잡고 로만을 공격해야 한다는 측이 대립했다.

바다와 인접한 동대륙 국가들을 중심으로 서서히 위기감이 고조될 때, 또다시 서대륙에서 전쟁 징후가 보이는 소식이 들려왔다.

"정말 전쟁을 준비하는군."

"그러게."

이그니트에 의해 무너진 옛 남부 왕국 지역.

그곳에서 대대적인 공사가 진행되고 있었다.

무너진 대륙 남부 지역을 재건하기 위해 만들어진 수많은 건물들이 언제라도 군수품을 생산할 수 있도록 개조되어 갔으며, 철도 역시 가장 먼저 중앙이 아닌 서부와 연결되게끔 공사가 진행되었다.

이것은 명백히 전쟁을 염두에 둔 공사였고, 이 소식이 동대륙에 퍼지는 건 순식간이었다.

그러자 다급해진 건 로만이었다.

이그니트보다 좀 더 강하다 평가받던 로만이었지만 이젠 상황이 달라졌다.

카리엘이 황제로 등극한 후 급격한 발전을 이루면서 로만과 힘의 역량이 비슷해질 거라 평가받았는데, 서대륙까지 통일해 버리면서 이제는 로만 혼자서는 이그니트를 막아 낼 수 없게 되었다.

그렇기에 동대륙은 뭉쳐야 한다는 감성팔이를 하면서 동대륙 국가들을 자신의 편으로 끌어들이기 위해 움직였다.

그리고 이 사실은 당연히 제국의 귀에도 들어갔다.

✳

"폐하! 로만이 동대륙 국가들과 정식으로 동맹을 체결하려는 것 같습니다."

타리온의 보고에 작게 고개를 끄덕인 카리엘이 시종장을 바라보았다.

"그쪽 상황은?"

"별다른 움직임은 없습니다."

"그럴수록 조심해야지. 너무 조용한 것이, 꿍꿍이가 있는 것 같군."

비밀 수호대를 통해 멀리서 흑마법사가 있을 만한 지역을 감시한 결과, 큰 움직임이 없었다.

그러나 당장이라도 이그니트가 자신들을 칠지도 모르는 상황에서 조용한 것이니 뭔가를 준비하고 있는 것으로 생각할 수도 있었다.

'저들이 뭘 준비하는 걸까.'

잠시 고민하던 카리엘이 인상을 찌푸리며 시종장에게 물었다.

"마족 군단이 완전히 이쪽으로 넘어왔을 가능성은?"

"3할입니다."

시종장의 보고에 타리온의 표정이 굳어졌다.

"3할이나 되는 것이냐?"

"예, 어쩌면 벌써 지옥문을 여는 작업을 들어갔을 가능성도 있습니다."

최악의 사정을 가정하는 시종장의 말에 카리엘이 한숨을 쉬었다.

"산드리아 쪽은 어때?"

"아직입니다."

타리온의 보고에 카리엘이 시종장을 바라보았다.

"이쪽도 좀 이상하지?"

"예, 애초에 그들이 쓰는 술법이라는 것 역시 의심해 볼 만합니다."

사막신을 모신다는 산드리아 제국.

지역마다 믿는 신들도 달라서 수많은 부족만큼 신들도 많았다. 한 가지 신기한 점은 그들이 사용하는 힘은 술법이라는 것에 기인한다.

그런데 문제는 그 술법이라는 것이 비밀 수호대의 조사에 따르면 과거 서대륙에서 사용하던 주술사들의 주술과 비슷한 점을 보였다는 점이다.

그중에서도 피와 어둠의 주술 계열과 비슷했다.

제물을 바치면서 힘을 얻거나 대가를 지불하고 힘을 발동하는 독특한 술법.

"그들도 마족과 연관이 있거나……."

"최악은 지옥의 신들과 계약을 맺은 사도들이라고 봐야 할지도 모릅니다."

시종장의 말에 카리엘의 표정이 어두워졌다.

"그래도 한 가지 신기한 점은 산드리아 제국은 흑마법사들을 별로 좋아하지 않는다는 점입니다."

"그게 신기하긴 했지."

산드리아의 부족들은 마족과 계약을 맺은 흑마법사들을 그리 좋아하지 않았다.

그렇다는 건 이 상황을 이용할 수 있다는 뜻.

"일단 지옥에 관해선 최대한 숨기고 마족을 몰아내는 것에 초점을 맞춰야겠어."

"예."

산드리아의 일부 부족들이라도 협력을 이끌어 내려면 그렇게 해야 했다.

신기하게 산드리아는 사막 제국이라 불리면서도 동대륙에 큰 영향력을 끼치지 못했는데, 가장 큰 이유는 부족마다 자신들의 자치권이 있었기 때문이다.

산드리아에도 황제가 있었지만 제국이나 로만처럼 강력한 권력을 갖고 있는 것은 아니었다.

산드리아에서 가장 큰 부족장.

부족들을 불러 모을 수 있는 권한.

제국을 위협하는 상황에서 병력을 집결시킬 수 있는 권한.

이 정도를 제외하면 각 부족들에게 터치할 수 있는 권한은 극히 제한적이었다.

그렇기에 카리엘은 이 상황을 이용해 볼 생각이었다.

물론 산드리아를 공략하기에 앞서 동대륙을 분열시키는 게 먼저였다.

"해적왕은?"

"아직입니다."

타리온의 대답에 카리엘이 아쉽다는 표정을 지었다.

그가 생각하기에 밀약을 맺기에는 지금이 딱 적기였다.

지금 딱 밀약을 맺고 동대륙을 흔들어야만 목표했던 남북으로 갈라지는 상황이 만들어진다.

"조금 아쉽네."

"금방 연락이 올 것입니다. 해적왕도 이 기회가 어떤 것인지 잘 알고 있을 테니까요."

타리온의 말에 카리엘이 작게 고개를 끄덕였다.

아이사 군도의 중립국이란 위치를 견고히 할 거의 유일한 기회가 지금이었다.

어쩌면 이번 기회를 빌어 향후 몇십 년에서 백 년 이상 동안 중립국이라는 위치를 유지할 수 있을지도 몰랐다.

이미 세일럼에서 카리엘에게 설명을 들었던 해적들도 있

으니 모든 인맥을 끌어모으려 할 터.

"차분히 기다려 보자고."

"예."

하지만 그런 대화와는 달리 그들은 매우 바삐 움직였다.

외무대신은 정식으로 로만에 항의했고, 타리온은 로만 내부에 첩자를 보내 여론을 형성했다.

동시에 시종장이 비밀 수호대를 통해 가져온 마족에 관한 증거들을 지속적으로 외부에 알리면서 로만을 압박했다.

그러자 로만 내부에서도 의견이 엇갈리기 시작했다.

"이게 맞는 것이오?"

"우리가 왜 인류의 적이 되어야 하지?"

아무리 로만이 중앙집권형 국가라지만 모든 귀족들을 컨트롤할 수는 없었다.

현 상황에 불만이 있는 자들이 있었기 마련.

모든 귀족들이 로만의 고위층이 마족들과 손잡았다는 걸 알지는 않았다.

그렇기에 배신감이 더 컸다.

처음부터 이 사실을 알았다면 모를까, 전혀 몰랐다가 함께 인류의 적으로 몰린다면 억울하지 않겠나?

이게 단순히 귀족들뿐이었다면 그나마 나았지만, 충성심이 강하기로 유명한 군부에서도 불만이 터져 나오고 있었다.

그러다 보니 로만의 중심부에서도 균열이 일어났다.

이 상황을 가만히 지켜보던 동대륙의 남부 국가들이 슬슬 고개를 젓기 시작했다.

"로만은 끝이군."

"힘을 하나로 모아도 모자랄 상황에……."

마지막까지 고민하던 동대륙의 남부 국가들이 마침내 결단을 내렸다.

비밀리에 접근했던 해적들에게 서신을 전했고, 그것은 곧바로 카리엘에게 들어왔다.

"때가 되었군."

마침내 기다리던 순간이 되었다.

망설이던 동대륙 남부 국가들이 결단을 내렸으니 반은 온 것이나 다름없었다.

"해적왕에게 날짜를 잡으라고 해."

"예."

카리엘의 명령에 고개를 숙이며 떠나는 타리온.

비밀리에 움직여야 하기에 수행원을 최소화하고 싶다는 카리엘의 말에 친위대 전원과 아켈리오, 글렌만이 동행하기로 했다.

문제는 타리온이 자신도 친위대 일원이라며 따라가고 싶다고 우기기 시작한 것이었다.

"폐하, 저도 친위대인데 왜 빼시려는 겁니까?"

"아니, 넌 정보부 수장인데 수도를 지켜야지."

"폐하를 호위하는 게 더 중요합니다."

"야! 장난해?"

말도 안 되는 우기기에 카리엘이 버럭 소리를 지르자 타리온이 시무룩한 표정을 지으며 고개를 숙였다.

"마스터가 생겼다고 소신을 버리는 겁니까?"

"그런 게 아니잖아."

"그럼 따라가게 해 주십쇼. 솔직히 암살자나 요원들을 감별하는 건 제가 더 잘할 겁니다."

타리온의 말에 골치 아프다는 표정으로 머리를 짚던 카리엘이 결국 한숨을 쉬며 허락했다.

그러자 이왕 가는 거 정보 수집도 하자며 그림자들 중 정예만을 선별해서 동행하게끔 했다.

"폐하."

"경?"

"황궁 기사들이 섭섭해하옵니다."

대뜸 찾아와서 황궁 기사들이 섭섭하다 말하는 아켈리오.

"섭섭하다고?"

아켈리오의 말에 고개를 갸웃거리는 카리엘.

"그림자들만 너무 신뢰하시는 거 아니냐고 불만이 있습니다. 황태자 시절부터 함께했던 것은 알지만 자신들도 좀 믿어 달라고 전해 달라 하옵니다."

아켈리오의 말에 카리엘이 무슨 개소리냐고 말하려다 입을 꾹 다물었다.

그동안 쌓여 왔던 것이 이번 일을 계기로 터져 나온 것일 수도 있기에 한숨을 쉬며 동행을 허락할 수밖에 없었다.

대신 열 명 이내로만 수행할 수 있게 해 주겠다고 단단히 못을 박았다.

그러자 그날부로 황궁 기사들은 서열 정리에 들어갔다.

"됐다!"

마지막 열 명째 들어가게 된 기사가 주먹을 불끈 쥐며 괴성을 질렀다.

온몸이 상처투성이가 되었음에도 환호성을 지르는 모습에 카리엘이 고개를 절레절레 흔들었다.

"꼭 이렇게까지 해야 하나?"

"적진이옵니다. 솔직히 이것도 부족하다 생각하옵니다."

아켈리오의 말에 카리엘이 한숨을 쉬었다.

마스터 2인에 6단계에 이른 친위대들이 함께함에도 부족하다는 건 말이 되질 않기 때문이다.

하지만 해적들의 본진으로 향하는 것이기에 아켈리오 입장에선 걱정이 클 수밖에 없었다.

결국 황궁 기사들 중 가장 강한 열 명과 최정예 그림자들, 마스터 2인과 친위대까지 같이 움직이는 다소 거창한 멤버들이 구성되면서 작은 비공선을 타고 움직이려는 계획은 버려졌다.

온갖 마법으로 떡칠된 비공선이 야밤을 틈타 하늘로 올랐다.

온갖 새로운 마법을 적용한 신형 비공선이 빠르게 동부로 향하자 순식간에 세일럼에 도착할 수 있었다.

"폐하를 뵙습니다."

"늦어서 미안하군."

해적 간부가 고개를 숙이면서 말하자 카리엘이 미안한 표정을 지었다.

배를 타고 간다 해도 아이사 군도까지 상당한 시간이 소요될 것이기에 약속 시간까지 아슬아슬한 상황이었다.

"여유가 있사오니 심려치 마십시오."

"여유가 있다?"

"예, 약속 장소는 아이사르만에 위치한 작은 섬이옵니다. 반나절 거리이오니 천천히 가셔도 될 것입니다."

해적 간부의 말에 카리엘이 의아한 표정을 지었다.

"반나절?"

"예, 폐하께서 저희를 믿어 주시는 바는 무한한 영광이나 다른 이들은 그렇지 않을 것이옵니다. 그래서 신뢰를 위해 제국의 영토에 멀리 떨어지지 않은 곳에 약속 장소를 준비했사옵니다."

해적의 말에 카리엘이 눈을 동그랗게 떴다.

지금 이 말은 다른 국가들의 수장도 이에 동의했다는 뜻이었다.

무슨 일이 생기면 제국의 해군이 즉시 움직일 수 있는 거리.

그곳에 약속 장소를 잡은 해적을 향해 아켈리오를 비롯한 제국 측 인사들이 웃으며 고개를 끄덕였다.

"고맙군."

카리엘이 예상하지 못한 선물에 고맙다는 말과 함께 천천히 배에 올랐다.

그리고 해적의 말처럼 불과 몇 시간 만에 고풍스러운 건물이 세워져 있는 섬에 도착할 수 있었다.

"서대륙의 황제를 뵙습니다."

마침내 보는 동대륙의 지도자들.

그들이 서대륙의 통일 황제인 카리엘에게 예를 올렸다.

서대륙보다 더 넓은 영토를 지닌 동대륙.

하지만 4분의 1은 사막지대였고, 5분의 1은 북쪽의 기마민족이 지배하고 있었다.

그렇기에 사실상 그곳을 제외한 지역만으로 따진다면 서대륙과 별반 차이가 없었다.

로만을 비롯한 남부의 부유한 국가들은 수백 년 동안 이루지 못한 통일이란 과업.

그런데 그것을 이그니트가 다시 이뤄 냈으니 충분히 존중받을 만했다.

"반갑소."

모두의 예를 받으면서 미소를 지은 카리엘이 한 명씩 악수를 하고는 건물 안으로 들어갔다.

그러자 그곳에는 고풍스러운 장식품들로 내부가 장식되어 있었다.

웬만한 국가들은 엄두도 내지 못할 진귀한 물건들이 건물 곳곳에 배치되어 있었고, 온갖 편의 시설들이 만들어져 있었다.

들어가자마자 아이사 군도의 해적들이 이번 일에 얼마나 진심인가를 한눈에 알 수 있을 정도였다.

해적왕이 직접 마중 나와 내부를 안내하고는 직접 회의실로 안내했다.

"편히 말씀들 나누십시오. 저는 이만 물러가겠습니다."

"아니오."

물러가려는 해적왕에게 카리엘이 단호하게 고개를 저으며 말했다.

"이 자리를 만든 그대 역시 이 자리에 앉을 자격이 있소."

카리엘의 말에 해적왕이 다른 국왕들을 바라보았다. 혹시나 불쾌해하지는 않을까 싶은 것이다.

제국이 중립국으로 인정했다 하지만 다른 국가의 왕들은 그러지 않을 가능성이 높았다.

하지만 그들은 별다른 내색 없이 고개를 끄덕였다.

서대륙을 통일한 제국이 인정했는데 자신들에게 거부할 명분 따윈 없었다.

"이곳에 마련된 시설들은 일부터 끝내고 즐길까 하는데 어떠시오?"

"그리하십시오."

윙사르의 왕이 대답하자 다른 이들도 고개를 숙이며 답했다.

"실례되오나 앞으로 제국의 계획이 어찌 될지 여쭤봐도 되겠는지요."

윙사르 국왕의 말에 다른 이들까지 궁금하다는 표정으로 카리엘을 바라보았다.

다들 상황이 좋지 않기에 모이기는 했으나, 불안함은 여전히 남아 있었다.

이그니트가 강대하다고는 하지만 거리상으로는 로만이 훨씬 가까우니 제대로 된 계획이 없다면 자신들만 버린 말로 쓰이고 끝날 수도 있다 생각하는 것이다.

그런 그들의 불안을 해소시켜 주기 위해 카리엘이 단호하게 답했다.

"일단 로만의 문제는 대륙을 넘어 인류의 문제요."

카리엘이 그렇게 말하면서 타리온을 시켜 지도를 가져오게끔 했다.

그곳엔 이그니트와 동대륙의 남부 국가들을 위주로 파란색으로 칠해진 연맹의 이름이 적혀 있었다.

-인류연맹.

지도에 새겨진 '인류연맹'이라는 단어에 윙사르 국왕이 멍하니 중얼거렸다.

"인류연맹이라……."

"참고로 로만과 동맹국들은 반인류연맹으로 명할까 하오."

카리엘의 말에 한 국가의 수장이 조용히 물었다.

"북쪽과 산드리아는 제외한 이유를 물어도 되겠습니까?"

그의 물음에 다들 지도를 다시 보더니 궁금하다는 표정으로 카리엘을 바라보았다.

그러자 심각한 표정을 지은 카리엘이 입을 열었다.

"일단 북쪽 유목 부족들은 중립지대로 생각할 것이오. 설득이 될 것 같지도 않을뿐더러 북쪽까진 여력이 되지 않을 것 같아 이리 정했소."

북쪽의 유목민족들은 자존심이 강하기로 유명한 이들이다.

어떤 이들과도 쉽게 타협하지 않는 강직한 민족들.

산드리아처럼 수많은 부족들로 이루어진 이 민족들을 설득하기보단 로만의 동맹국들을 공략하는 편이 훨씬 편했다.

"이들은 추후 마족과의 전쟁 때 설득하면 되오."

"혹시 이들을 설득할 계획도 있으십니까?"

"그렇소. 가장 먼저 골란을 공략할 것이오."

윙사르 국왕의 말에 카리엘은 유목민족을 공략할 계획도 풀어놓았다.

가장 큰 세력인 골란을 중심으로 유목민족들을 한데 모을 생각이었다.

그렇다면 골란을 어떻게 설득할 것이냐?

"혹…… 골란을……."

그때 카리엘의 계획을 눈치챈 한 국왕이 식은땀을 흘렸다. 그러자 다른 국왕들 역시 놀란 표정으로 카리엘을 바라보았다.

"맞소. 골란을 중심으로 유목민족을 연합시킬 것이오."

카리엘이 그렇게 말하면서 지도를 바라보았다.

여기저기 흩어져 있는 유목민족들.

이들이 활동하는 영역은 산드리아처럼 광활했다.

그럼에도 불구하고 제국이라 불리지 못하는 건 산드리아처럼 겉으로나마 묶여 있는 것이 아닌 완전히 찢겨 있기 때문이다.

수백 년에 걸쳐 로만이 통합하지 못하도록 이간질을 해 왔다.

그렇다면 카리엘은 반대로 그들이 통합할 수 있도록 지원할 생각이다.

로만이 인류연맹에 정신 팔려 신경 쓰지 못하는 사이 골란을 지원하며 통일할 수 있게끔 유도한다면 충분히 가능성이 있었다.

그렇다면 동대륙에서 가장 큰 세력 중 하나가 인류연맹의 편이 되는 것이다.

계획이 여기까지 진행될 경우 동대륙의 상황을 종이에 적어 나가는 카리엘.

로만 ↔ 남부연맹
로만 ↔ 유목연합
유목연합 = 남부연맹
산드리아(중립)

유목연합과 남부연맹이 인류연맹이라는 대의 아래 묶이고 산드리아를 중립으로만 둘 수 있다면 압도적으로 유리한 상황을 만들 수 있었다.

유목연합
↓
이그니트 → 로만
↑
남부연맹

세 곳에서 압박당하는 상황.

이 상황에서 로만이 살길은 동부의 국가들을 모조리 끌어모아 대응하는 것이다.

하지만 그에 대한 대책 역시 있었다.

"인류의 적이라는 타이틀로 로만의 동맹국을 흔들 것이오."

카리엘이 빙그레 웃으며 말하자 동대륙 국가들의 수장들이 침을 꿀꺽 삼켰다.

가장 좋은 방법은 산드리아를 흔드는 것이다.

하지만 그들이 정말 지옥과 연관이 있다면 지옥문을 열려는 이들의 계획에 동참할 가능성이 높다.

가능성 낮은 곳에 심력을 소모하기보단 로만의 동맹국을 건드는 게 훨씬 편할 터.

"산드리아는 공략하지 않는 것입니까?"

윙사르 국왕의 말에 카리엘이 잠시 입을 다물었다가 동대륙의 수장들에게 말했다.

"지금부터 하는 이야기는 때가 될 때까지 비밀로 해 줄 수 있겠소?"

카리엘의 말에 다들 긴장한 표정으로 고개를 끄덕였다.

그러자 그제야 입을 여는 카리엘.

현재 일어나는 전반적인 상황을 말해 주고는 산드리아 역시 지옥과 연관이 있을 가능성이 높다는 것을 말해 주었다.

그러자 산드리아와 국경선을 접하고 있는 국가의 수장이 입을 열었다.

"확실히 그럴듯합니다. 그들의 부족 중에 지하 세계를 모시는 부족들이 다수가 있소."

"음…… 하지만 모든 부족이 그렇지는 않습니다. 그들 중에는 태양신을 모시는 부족도 있고 풍요의 신을 모시는 이들도 있습니다."

몇몇 국가의 수장들이 대대로 왕가에 전승되는 비밀들을 풀어내면서 설명했다.

산드리아 내부에 지하의 신을 모시는 부족들이 있는 건 사실이었다. 하지만 반대로 태양신 같은 서대륙 국가와 같은 신을 모시는 이들도 많았다.

"그럼 이 부족들을 설득해 주실 수 있겠소?"

카리엘의 부탁에 산드리아와 국경을 접한 국왕들이 고개

를 끄덕였다.

산드리아만 분열시켜 시간을 끌 수만 있다면 최고의 상황이 연출될 것이다.

굳이 산드리아를 인류연맹에 끌어들일 필요도 없었다.

로만과 본격적으로 전쟁이 시작될 때까지만 시간을 끌 수있다면 충분했다.

"이것으로 주요 계획은 정해졌소."

그렇게 말한 카리엘이 미소를 지으며 회담에 모인 이들에게 물었다.

"인류연맹 창설에 동의하시겠소?"

카리엘의 물음에 자리에 모인 모든 이들이 고개를 끄덕이며 동의했다.

"좋소. 이것으로 적어도 이 자리에 모인 이들은 이그니트와 동맹국이 되었소."

새로운 동맹이 체결되었다는 소식에 모든 이들이 웃으며자리에서 일어났다.

"긴 회담으로 피곤하실 터이니 이곳에서 푹 쉬십시오. 부족하지만 최대한 성심껏 모시겠습니다."

해적왕의 말에 모든 이들이 고개를 끄덕였고, 곧 미녀들이각국의 수장들을 한 명씩 안내했다.

마지막으로 카리엘에게도 미녀가 다가왔으나 손을 들어제지하고는 해적왕을 바라보았다.

"따로 얘기를 더 해도 되겠소?"

"예."

뭔가 중요한 얘기를 할 것 같자 눈짓으로 미녀들을 내보낸 해적왕이 긴장한 표정으로 자리에 앉았다.

"잘해 주었으나 한 가지 더 부탁할 것이 있소."

"말씀하십시오."

해적왕의 말에 카리엘이 지도를 바라보았다.

테이블에 펼쳐진 지도는 서대륙과 동대륙만이 그려져 있었다.

하지만 세계에는 더 많은 대륙이 있었다.

서대륙보다 훨씬 작은 규모지만 여러 개의 거대한 섬으로 이루어진 남쪽의 섬들도 있었고, 서쪽으로는 신대륙이 존재했다.

"신대륙과 남쪽 섬에도 도움을 청할까 하오."

"으음……."

카리엘의 말에 해적왕이 침음성을 삼켰다.

동대륙은 당장에 마족들이 자신들을 공격할 것이니 이해관계가 맞아떨어지겠지만, 신대륙과 남쪽 섬들은 아니었다.

엄청난 크기의 바다가 자연의 방벽을 만들어 줄 텐데 굳이 지원군까지 보내는 피해를 감수할까?

"고대 문헌에 보면 마족들이 남쪽 섬들을 공격한 적이 있다고 기록되어 있소."

"……그렇습니까?"

"신대륙은 모르겠으나 적어도 남쪽 섬은 도움을 받을 수 있을 가능성이 있소."

카리엘의 말에 해적왕이 무겁게 고개를 끄덕였다.

"그렇다면 한번 해 보겠습니다."

"남쪽 섬들만 좀 부탁하오. 신대륙은 우리가 직접 하겠소."

카리엘의 말에 부담감을 잔뜩 안은 해적왕의 표정이 썩어 들어갔다.

카리엘은 그런 그의 기분이 조금이라도 풀리길 바라며 말했다.

"이것을 보시겠소?"

"이건……."

카리엘이 펼친 새로운 지도.

그곳에는 주요 무역로가 그려져 있었다.

통일된 제국의 물류망을 그린 기밀이 담긴 지도였다.

그런데 그 지도에서 바닷길의 주요 무역로가 전부 아이사 군도가 점령한 섬들을 경유하는 형태로 이루어져 있었다.

동대륙의 무역로는 아이사 군도로.

남쪽 거대 섬들을 향하는 무역로는 해적이 점령한 섬들을 연결한 무역로로.

심지어 신대륙으로 향하는 무역로 일부도 해적왕이 점령한 섬을 일부 경유하게끔 조정되어 있었다.

"향후 아이사의 섬들을 연결해 새로운 무역망을 만들 것이오."

"그리만 된다면……."

"제대로 된 수입을 기대해도 좋을 것이오."

세일럼에서 했던 약속.

그것을 지키고자 무역로까지 수정해 준 카리엘에게 해적왕이 감사의 인사를 전했다.

"또한 섬에 농사를 비롯한 공업지대를 만들 수 있도록 지원하겠소."

"그것까지……."

"그래야 상인들이 제대로 무역로를 이용하지 않겠소?"

항구부터 간단한 가공품까지 만들 수 있도록 지원해 아이사 군도의 섬들을 경유하는 무역로를 제대로 정착시킬 생각이다.

"물론 이건 공짜는 아니오."

"대가는 지불하겠습니다."

진지한 표정으로 말하는 해적왕을 향해 카리엘이 빙그레 웃으면서 고개를 끄덕였다.

"이왕 만난 김에 좀 더 세밀하게 계획을 세워 보시겠소?"

"예, 그리하겠습니다."

카리엘의 제안에 흥분한 표정으로 고개를 끄덕인 해적왕은 자신들의 상황을 상세히 설명하면서 카리엘과 계획을 나누었다.

일부 섬은 이그니트에 양보하거나 자신들이 점령한 섬의 일부는 몇십 년간 장기 대여하면서 항구를 만들게끔 하는 세부 계획까지 세웠다.

⚜

그렇게 오랜 시간 이야기를 나눈 카리엘은 짧은 휴식과 함께 곧장 제국으로 복귀했다.

그러자 기다렸다는 듯, 제국의 다음 계획이 시작되었다.

- 로만을 인류의 적으로 규정한다!

이그니트 황제의 공식적인 발표.

이건 곧 서대륙 전체의 뜻과 다름이 없었다.

동시에 동대륙의 남부 국가들 다수가 일제히 로만을 인류의 적으로 규정했다.

그러자 갈팡질팡하는 동대륙 국가들이 혼란에 빠졌다.

오랫동안 동대륙의 최강으로 군림해 온 로만을 완전히 적으로 돌려야 할지 아니면 좀 더 상황을 지켜봐야 할지 결정하지 못하면서 혼란에 빠진 것이다.

　그렇게 동대륙에 대규모 혼란에 도래하자 이그니트는 곧바로 다음 발표를 이어 나갔다.

　-인류연맹 계획 중. 인류의 적을 몰아낼 동맹국들을 모집한다.

인류연맹 창설!

로만을 공공의 적으로 규정하면서 동시에 인류연맹을 창설하고자 한다는 소식은 순식간에 동대륙 전역으로 퍼져 나갔다.

그러자 계속해서 망설이던 국가들 중 일부가 이그니트로 사신을 보내왔다.

밀약을 맺은 남부 국가들의 설득으로 마침내 로만을 적으로 돌리겠다고 결정을 내린 것이다.

마치 약속이라도 한 것처럼 동대륙의 남부 지대에 위치한 국가들 대부분이 이그니트에 사신을 보내 버리자 중부에 위치한 국가들은 혼란에 빠졌다.

"완성됐군."

동대륙의 지도에 파란색 깃발을 꽂으면서 만족스러운 표정을 지은 카리엘.

　마침내 동대륙의 남부 지대가 이그니트와 동맹을 맺으면서 초기에 구상한 인류연맹이 완성되었다.

　더욱 고무적인 것은 로만의 동맹국들조차 흔들리기 시작했다는 점이다.

　"예상보다 로만이 느리군."

　"로만을 직접 흔든 게 주효했습니다."

　카리엘의 말에 타리온이 지도를 보며 답했다.

　로만 내부에 첩자를 보내 직접 흔든 것.

　그것 때문에 동맹국 확보에 전력을 다하지 못하면서 이그니트가 동대륙 남부의 국가들을 포섭하는 동안 중부 지역의 동맹국들조차 온전히 확보하지 못한 것이다.

　"이들도 인류연맹으로 끌어들일 수 있을까?"

　"힘들 겁니다. 첩보에 따르면 이미 이들 국가 중 상당수는 마족들의 여부를 알고 있었다고 합니다."

　타리온의 말에 카리엘의 표정이 찡그려졌다.

　"그렇다는 건……."

　"마족들과 밀약을 맺었을 가능성이 있습니다."

　마족들을 알고 있음에도 로만을 묵인한다는 것은 마족들과 직접 계약을 맺었을 가능성이 높았다.

　무엇을 약속했는지 모르겠지만 확실한 건 인류연맹에 들

어올 가능성은 적다는 점이다.

"그래도 중부 지역 국가들 중 일부는 희망이 있습니다."

"가능성이 있는 국가들을 추려 와 봐. 이젠 이들에게 집중할 때야."

"예."

카리엘의 명령에 곧장 밖으로 나간 타리온.

그러자 이번엔 시종장을 불렀다.

"로만을 직접적으로 흔드는 게 가능할까?"

"알 수 없습니다."

고개를 저으며 말하는 시종장을 보면서 카리엘이 말했다.

"후…… 확실한 증거가 있으면 좋을텐데……."

"안 그래도 그것에 관해 말씀드릴 것이 있습니다."

"말해 보게."

카리엘의 허락이 떨어지자 시종장이 품속에서 뿔 하나를 꺼냈다.

"그건!"

"마족의 뿔입니다."

시종장의 말에 공간을 휘저으며 나타난 수르트가 코를 벌름거렸다.

–진짜 마족은 아니군.

"아니야?"

수르트의 말에 실망스러운 표정을 짓는 카리엘.

"잠깐…… 그렇다는 건……."

"반마족이군요."

시종장이 무엇인지 알겠다는 듯 고개를 끄덕였다.

"반마족?"

"예, 단순히 마족과 계약한 이들이 아닌 마족의 심장을 이식받은 자들. 스스로 마족이라 칭하지만 정식 마족이 아닌 혼혈입니다."

–반마족이라 불렀나?

수르트가 '그냥 잡종 아닌가?'라고 중얼거렸지만 카리엘은 그 말을 무시하며 시종장을 바라보았다.

"이걸 반마족이라 불렀군."

"아십니까?"

시종장의 물음에 카리엘이 쓴웃음을 지었다.

그들은 다름 아닌 전생에 경험해 보았던 존재들이었던 것이다.

"난 그냥 마인이라 불렀는데……."

"그렇게 부르기도 했습니다."

시종장의 말에 작게 고개를 끄덕인 카리엘이 좀 더 설명해 보라는 듯 턱짓을 했다.

"반마족도 마족과 비슷합니다. 단지 마족들보다 더 인간에 가까울 뿐이지요."

시종장의 손에 들린 검은 뿔. 그곳엔 속성에 따라 각기 다른 보석이 붙어 있었다.

속성력이 가미된 마나가 결정화된 보석.

마족과 똑같은 형태의 뿔을 가졌으나 생김새는 여전히 인간에 가까웠기에 마족들에게조차 배척받는 존재들.

당장에 강한 힘을 갖게 되는 건 좋으나 결국 마족들의 노예나 다름없는 이들이 전생의 마인들이었다.

그런 주제에 인간보다는 우위에 있고 싶어서 끝까지 저항했던 인간들을 가장 많이 괴롭혔던 것도 마인들이었다.

"반마족들이 되려면 마족의 심장 혹은 다량의 마기가 필요합니다. 신기한 건 다수의 인간들을 반마족으로 만들었다는 기록이 있다는 겁니다. 하지만 기록이 많이 사라져 어떻게 그게 가능한 건지는 알 수 없사옵니다."

시종장의 말에 카리엘이 한숨을 쉬며 중얼거렸다.

"마족 놈들은 시체를 매장하지 않는다."

"예?"

카리엘의 말에 타리온이 고개를 갸웃거리며 되물었다.

"그놈들은 죽은 마족들의 시체에서 심장과 마기의 결정체들을 따로 빼내어 특정 장소에 보관한다. 무덤이나 다름없지."

"아……."

"무엇보다 그 미친놈들은 동족의 시체를 이용해 무기까지 만든다. 동족 의식이란 게 없는 놈들이야."

카리엘이 질렸다는 듯 고개를 절레절레 흔들었다.

오로지 힘이 전부인 미친놈들.

동족의 몸 중에 쓸 만한 부분이 있다면 사용하기에 주저함이 없는 미치광이들이었다.

"아마 마족들의 심장이라면 썩어 나도록 많을 거다. 즉, 인간들을 반마족으로 만들어 버리기엔 충분하고 남을 양이 있다는 거지."

"폐하께선 이걸 어찌……."

시종장이 감탄한 표정으로 묻자 카리엘은 말없이 이마를 톡톡 쳤다.

그러자 납득했다는 듯 타리온과 시종장이 동시에 고개를 끄덕였다.

전생의 경험으로 아는 것이지만, 시종장에겐 과거 영웅의 기억 일부를 볼 수 있었다고 설명했었다.

어찌 되었든 과거의 경험을 통해 아는 것이기에 완전히 거짓은 아니었다.

"무엇보다 죽은 지 얼마 안 된 인간은 마족의 심장만 잘 이식하면 언데드로 만들 수도 있지."

"이 때문에 성국을……."

타리온이 그제야 납득했다는 듯 고개를 끄덕였다.

제국을 가장 괴롭혀 왔던 성국.

카리엘이 어째서 그들의 전력을 최대한 온전히 보존하고

자 했는지 알 수 있었다.

마기에 가장 상극이 되는 힘은 신성력이기 때문에 최대한 이들의 힘을 보전하고자 하는 것이다.

"전쟁은 우리의 힘만으로도 가능할 거야. 하지만 뒤처리만 큼은 신성력만 한 것이 없지."

전생의 경험을 통해 전쟁에서 이기는 것만이 능사가 아니라는 것을 뼈저리게 겪었었다.

그렇기에 카리엘은 인류연맹에서도 각기 다른 신을 믿는 신전들을 전부 우대해 줄 생각이었다.

제국은 주신앙은 불의 신전이지만 굳이 그걸 다른 국가들한테 강요할 생각은 없었다. 인류연맹에 신앙은 최대한 배제된다.

모든 신앙을 존중하면서 그들의 신성력을 최대한 이용할 것이다.

그렇기에 불의 신전이 섭섭해할 것을 알면서도 성국이 제국 내에서 활동하는 것을 허락했다.

남부의 신앙들 역시 허락했다.

"후…… 어쨌든 상황이 이렇다면 더 길게 끌 것 없지. 이 증거를 공개하면서 인류연맹을 공식적으로 발표한다."

"예!"

카리엘의 명령에 타리온과 시종장이 고개를 숙이고는 밖으로 나갔다.

그날, 타리온은 곧바로 공개 석상에 기자들을 불러 놓고 발표를 했다. 기다릴 것 없다는 듯, 마족의 뿔을 증거로 내놓으면서 이것을 얻은 것이 로만이라는 내용이었다.

그러자 한 기자가 손을 들면서 말했다.

"그렇다는 건 이그니트가 로만의 땅에 첩자를 보낸 것임을 공식적으로 인정하는 것입니까?"

"그렇소."

기자의 질문에 타리온이 당연하다는 듯 말했다.

"우리는 로만이 마족과 손잡았다고 생각하고 있소. 그런 상황에서 로만 내부에 있는 마족들을 찾는 것은 당연한 것 아니오?"

"그건……."

"로만은 우리가 보낸 모든 서한을 무시했소. 그런 로만을 우리가 존중해 주어야 할 이유가 있소?"

로만 측 기자로 보이는 자가 황급히 고개를 숙였다.

그런 그에게서 눈길을 돌린 타리온이 다른 기자들을 보면서 말했다.

"참고로 역사학자들과 과거의 사례를 조사한 결과 이건 '반마족'이라 불렸던 존재인 것으로 판명되었소."

"반마족?"

"그게 뭐지?"

다들 어리둥절한 표정으로 고개를 갸웃거리자 타리온이 이들의 존재를 빠르게 설명했다.

"폐하께선 이들을 '마인'이라 부르기로 하셨소. 악마에 영혼까지 팔아먹은 악마 숭배자들과 이들은 다를 바가 없소. 그런 이들을 용납한 로만은 인류의 적이오."

그렇게 외친 타리온이 한 손에 종이 한 장을 들고 손을 번쩍 들어 올렸다.

"폐하께선 인류연맹을 공식적으로 만들고자 하셨소. 이미 동대륙의 남부 국가들은 전원 참여하기로 약속한 상태요. 인류연맹의 발족식은 중립국 아이사에서 하기로 했소. 정확히 한 달 후 동맹국들과 함께 인류연맹이 만들어질 것이오."

그렇게 말한 타리온은 동대륙에서 온 기자들을 바라보며 말했다.

"아직 늦지 않았소. 인류를 지키기 위한 연맹에 가입하고자 한다면 언제든 이그니트를 방문하시오. 우린 그대들을 환영하오."

타리온의 발표에 동대륙 측 기자들이 웅성거리기 시작했다.

그 모습을 만족스럽게 바라본 타리온은 미소를 지으면서 단상에서 내려갔다.

"제법이네?"

멀리서 몰래 그 모습을 지켜보던 카리엘이 피식 웃었다.

정보부 수장을 맡으면서 공식석상에 모습을 꽤 드러냈더니 이제는 버벅거리지 않고 말을 잘했다.

처음 정보부를 맡을 때만 하더라도 긴장한 표정이 역력했는데 이제는 그런 모습은 찾아볼 수 없게 되었다.

"폐하."

"잘하던데?"

카리엘의 칭찬에 헛기침을 하면서 얼굴을 붉히는 타리온.

그런 그의 모습에 토토를 비롯한 친위대는 못 볼 것을 봤다는 듯 얼굴을 구겼다.

아저씨가 부끄럽다는 듯 몸을 베베 꼬는 모습이 영 보기 좋지 않았기 때문이다.

"인류연맹 발족식까지 최대한 중부를 흔들어 봐."

"예."

카리엘의 명령에 타리온이 고개를 숙였다.

동대륙의 남부 국가들과 동맹을 맺으면서 동대륙에서 활동하기 한결 편해진 덕분일까?

다수의 그림자들이 동대륙으로 들어갈 수 있었고, 그 덕에 동대륙의 중부에 위치한 국가들과 접선하는 횟수도 예전보다 훌쩍 늘어난 상태였다.

"욕심 내지 마. 많은 국가도 필요 없어. 한 국가만 제대로 끌어들여도 저들이 무너지는 건 한순간이야."

"예."

카리엘의 말에 타리온이 고개를 숙이면서 사라졌다.

로만의 동맹은 결속력이 약했다.

마족들과 계약을 맺었을 거라 추정되는 국가를 제외한 다른 국가들은 몰라도, 그렇지 않은 국가는 매우 크게 흔들렸다.

그림자들은 바로 그들을 공략할 생각이었다.

물론 마족들 역시 가만히 있지 않았다. 이그니트가 어떻게 나올지 뻔히 아는 상황에서 가만히 당해 주는 건 멍청한 짓이었다.

그렇기에 마족이 직접 움직여 동대륙 중부의 남은 국가들과 접선했다.

"그대들과 손잡으라?"

"그렇소. 마왕님을 모실 경우 영생에 가까운 생명을 얻을 것이오."

"영생이라……. 어떻게?"

왕관을 쓴 남자의 물음에 고위 마족이 빙그레 웃으며 말했다.

"고위 마족의 심장이오. 이것을 흡수하면 그대는 고위 마족이 될 수 있소."

인간이라면 누구나 혹할 만한 제안.

그럼에도 불구하고 소국의 국왕은 고민했다.

"일단 고민해 보겠소."

"으음……."

예상과는 다른 반응에 당황하는 고위 마족.

하지만 일단 물러나는 수밖에 없었다. 아직 자신들의 숫자가 부족했기에 시간이 필요했기 때문이다.

나중이라면 반강제로 협박하겠지만 지금은 미소를 지으며 다음을 기약해야 했다.

그렇게 마족이 물러나자 국왕이 붉은 커튼이 있는 쪽을 바라보았다.

그러자 한참 뒤에 조용히 모습을 드러내는 한 남자.

"결정은 하셨습니까?"

"그대의 말이 정말인가?"

"예."

제국의 그림자가 한 말처럼 정말로 마족은 심장을 흡수하게 만들려 했다. 그렇다면 저걸 흡수할 시 마족의 노예가 되는 것도 사실일 것이다.

"폐하께 전하게, 발족식이 시작되기 전까진 결정을 내리겠다고."

"예."

국왕의 말에 짧게 대답한 그림자가 순식간에 사라졌다.

그 모습을 가만히 바라본 소국의 왕이 한숨을 쉬었다. 오늘따라 머리에 얹은 왕관이 굉장히 무겁게 느껴졌다.

❈

사전에 마족들의 접근을 차단하기 위해 숨겨진 정보들을
박박 긁어서 동대륙의 왕들에게 알렸다.

마족들에게 카리엘이 어느 정도 정보를 갖고 있는지 드러
나는 것조차 감수할 정도로 이 일에 진심으로 임한 것이다.

'단 한 곳이면 된다.'

그렇게 생각한 카리엘은 입술을 깨물었다.

당초의 목표는 이미 이루어 냈지만 사람 욕심이라는 게 끝
이 없는 법.

로만의 동맹 체제를 무너뜨리기 위해 중부 지역의 국가를
노렸다.

많은 곳도 필요 없었다.

그나마 가능성이 있는 단 세 곳만 집중적으로 팠다.

분명 한 곳 정도는 흔들리는 곳이 있을지도 모르겠다고 생
각했으나 마족과의 계약이 컸나 보다.

'하필 중부 지역 왕들이 전부 나이가 많지.'

언제 죽을지 모른다는 두려움.

보통의 사람이라면 인간으로 죽는다는 것보다 살아남는
것에 더 관심이 기울 수밖에 없었다.

그것이 설령 마족들의 하수인이 된다는 결과가 될지라도.

"기대가 너무 컸나?"

카리엘의 중얼거림에 시종장이 조용히 입을 열었다.

"폐하, 이미 당초의 목표는 이루었으니 너무 신경 쓰지 마십시오."

시종장이 걱정스러운 표정으로 말하자 카리엘이 쓴웃음을 지었다.

"아쉽군."

한 곳만 흔들렸어도 로만의 동맹 체제를 흔들어 볼 수 있었을 것이다.

그렇게 되면 북부를 인류연맹에 끌어들이는 것도 좀 더 빨라질 것이고 그렇게 되면 로만을 에워싸서 두드려 팰 수 있을 것이다.

"일단 인류연맹을 더 견고히 하는 것으로 만족할까?"

카리엘이 그렇게 중얼거릴 때였다.

"폐하! 타리온 정보부장이 들었습니다."

"들라 하게."

카리엘의 명에 타리온이 황급히 들어와 고개를 숙이고는 검은 서신을 전달했다.

"걸려들었군."

"그런 것 같습니다."

빙그레 웃으면서 대답하는 타리온.

그런 그를 보면서 카리엘이 심각한 표정으로 물었다.

"한데 마족들이 계속 접근한다고?"

"그렇습니다."

마족들도 바보가 아닌 이상 제국이 동대륙에 손을 쓰고 있다는 것쯤은 눈치챘을 것이다.

자신들의 제안을 받아들이지 않는다?

그렇다면 마족들도 수를 쓸 것이다.

"여러 가지 제안을 하는 것 같습니다만 일단 고위 마족 수준의 대접을 약속하는 것 같습니다."

"또?"

"끝까지 거절할 것을 대비해 귀족들을 포섭하는 것 같습니다."

타리온의 보고에 카리엘이 미간을 찌푸렸다.

"여차하면 반란을 일으킬 생각이군."

"그렇게 판단하고 있습니다."

"그렇다면 우리가 도와줘야겠지."

"그림자들을 더 파견할까요?"

타리온의 말에 카리엘이 작게 고개를 끄덕였다.

"남은 두 국가도 더 접근해 봐. 아직 마족과 계약만 하지 않았다면 시도해 볼 만한 가치가 있을 테니까."

"예."

카리엘의 명령에 타리온이 고개를 숙이고는 밖으로 나갔

다.

"다행이네."

3국 중 가장 중요하게 생각했던 국가가 넘어왔다. 유목 민족들과 닿아 있는 국가.

로만에서 멀리 떨어져 남부 국가와 유목 민족 사이에 끼어 있는 국가라서 그런지 앞으로의 계획을 실행하기 딱 좋았다.

이제 남은 것은 기존의 계획을 더 앞당기는 것이다.

"아직 지옥문은 못 찾았지?"

"그렇습니다. 송구합니다."

시종장이 고개를 숙이면서 말하자 카리엘이 고개를 저었다.

"있을 만한 곳을 알아보라는 건?"

"사서가 찾고는 있지만 쉽지 않아 보입니다."

지옥문이 열렸을 것으로 추정되는 시기.

바로 초대 황제의 시기를 집중적으로 조사하고 있지만 지옥과 관련된 문건은 별로 없어 보였다.

그마저도 황실의 직계만 출입할 수 있는 도서관을 개방해야만 찾을 수 있을 정도로 자료가 없었다.

"더 찾아보라고 해. 일이 터지기 전에 막을 수 있으면 그것만큼 좋은 건 없으니까."

"예, 폐하."

시종장이 물러가자 카리엘이 나직이 한숨을 쉬었다.

처음엔 마계 게이트를 찾으면 끝날 줄 알았다. 하지만 사료를 찾아본 결과 그게 아니었다.

"지옥문이라……."

지옥문이 있는 곳엔 가름이 잠들어 있을 가능성이 높았다.

시종장의 보고에 따르면 마족들 역시 가름이 잠든 곳을 찾고 있다고 했다.

지옥의 하수인이나 다름없는 그들조차 지옥문이 어디 있는지를 모른다는 뜻이었다.

—일단 마족들부터 때려잡아.

어느새 나타난 수르트의 말에 카리엘이 한숨을 쉬며 말했다.

"결국 내가 동대륙으로 넘어가야 하나?"

카리엘의 물음에 수르트가 작게 고개를 끄덕였다.

혈계 능력을 통해 가름과의 계약이 이어져 내려오고 있다면 지옥문이 있는 근방에만 가도 카리엘의 몸이 반응할 것이다.

그렇다는 건 결국 지옥문을 찾기 위해선 카리엘이 직접 가야 한다는 뜻이 되었다.

"일단 유력한 후보지는 두 곳인데……."

카리엘이 지도를 보면서 고민에 잠겼다.

두 개의 후보지.

1. 로만의 황량한 고원.
2. 산드리아의 죽음의 사막지대.

이 두 가지가 가장 의심되었다.

수르트가 말한 지옥의 특징을 생각하면 그럴 수밖에 없었다.

일단 지옥문이 열릴 경우 문이 열린 곳에는 생명체가 살기 힘든 지형으로 바뀐다고 한다.

그러다 보니 자연스레 두 곳이 생각났다.

생명체가 살기 척박한 땅은 북부의 유목 민족이 있는 곳도 있었지만, 풀 한 포기 나지 않는 곳은 아니다.

그렇기에 배제하고 단 두 곳만 정한 것이다.

"넌 로만의 고원이 의심된다 이거지?"

─그래. 마족 놈들도 뭔가 알고 있는 게 있으니 그 근방에서 일을 꾸미고 있겠지.

수르트의 합리적인 의심에 카리엘이 고개를 끄덕였다.

자신도 그렇게 생각했다.

하지만 산드리아도 마음에 걸렸다.

오랫동안 지옥을 섬겨 온 부족들이라면, 그들 중 하나가 지옥문에 관련된 정보를 알고 있을 확률도 배제할 수 없었기 때문이다.

"후…… 미치겠군. 최상의 결과가 도출되고 있는데 불안하네."

−그래도 전생보단 나은 거 아니야?

불안해하는 카리엘을 본 수르트가 팔짱을 끼고 지도를 살폈다.

수르트에게는 자신의 죽음 이후 일어난 일에 대해 설명해 주었기에 지옥문이 열리고 어떤 결과가 일어날지 수르트만큼은 전부 알고 있었다.

특히 신화시대 때 지옥을 직접 겪어 보았던 수르트였기에 좀 더 확실히 알 수 있었다.

그런 그가 보기에 이그니트는 충분히 강했다.

이대로 더 성장한다면 지옥문이 열린다고 하더라도 어느 정도 전선을 유지시킬 수 있을 거란 확신이 들 정도.

물론 결국에 가선 지옥에 집어삼켜질 가능성이 높지만 적어도 전생처럼 쉬이 무너지진 않을 것이란 생각이 들 정도였다.

−마음 단단히 먹어. 일단 네가 죽지 않는 게 가장 중요해.

"……그래."

지옥문이 열린다고 해도 끝이 아니다.

일단 카리엘이 살아만 있다면 지옥문이 열려도 다시 닫을 수 있다.

제국의 황제이기에 조심해야 하는 건 맞지만 그 이상으로 카리엘은 사려야 했다.

제국은 자신이 없어도 대체할 존재가 있지만, 지옥문은 아니었다.

"그래도 답답하긴 하네."

지옥문의 위치도 모르고 언제 열릴지도 모르니 답답할 수밖에 없었다.

마치 언제 터질지 모르는 폭탄을 품속에 품고 있는 느낌.

그럼에도 불구하고 찾는 걸 포기할 수는 없었다.

지옥문이 열리기 전에 봉인할 수 있다는 기대감 하나만으로도 지금의 노력을 들이기엔 충분했으니까.

그렇기에 마족들에 관한 정보는 차츰 그림자에게 넘기고 비밀 수호대는 지옥문을 찾는 데에만 열중하고 있었다.

향후 비밀 수호대가 맡고 있는 동대륙에 관련된 모든 일들은 그림자에게 넘겨지게 될 것이다.

－고민은 그만하고 오늘 할 수련이나 시작하자.

"후…… 그래."

수르트의 말에 카리엘이 고개를 끄덕이며 답했다.

지옥문을 찾아도 가름에게 인정받지 못하면 말짱 꽝이니 화기를 다루기 위해 수련장으로 했다.

그렇게 카리엘이 다시금 수련에 열중하는 동안 제국은 빠르게 변화했다.

급속도로 발전하는 제국을 컨트롤하기 위해 내무부와 기술부, 재무부 등은 허리가 휘어져라 일했으며, 외무부와 정보부는 동대륙과 관련된 일로 발에 땀나도록 뛰어다녔다.

그 덕분인지 인류연맹에 관련된 일은 무난하게 흘러갔다.

"폐하, 한 곳이 더 제국의 연맹에 가입하기로 결정했습니다."

"여기라면…… 마족들에게 거의 넘어갔다 생각했던 곳 아니었어?"

타리온의 보고에 카리엘이 고개를 갸웃거리면서 물었다.

"예, 그래서 정보부에서도 허위로 가입하려는 건 아닌지 의심하고 있습니다."

마족들의 끄나풀인 상태로 인류연맹의 정보를 빼내기 위한 간자 노릇을 할 가능성이 높다는 정보부의 보고서.

하지만 카리엘은 곧바로 사인을 해 버렸다.

"상관없어. 우리가 이용하면 그만이니까."

저들이 인류연맹의 정보를 이용하든 말든 상관없었다.

정식으로 연맹에 가입하는 순간, 겉으로나마 로만과는 적대해야 할 것이고, 남부 국가들이 그 국가에게 개입하기 훨씬 쉬워진다.

"다음 작전에 들어가. 연맹이 결성되는 순간 터뜨릴 수 있도록."

"예."

카리엘의 명령에 타리온은 고개를 숙이며 물러났다.

인류연맹을 결정하는 순간 연맹에 가입하지 않은 국가는

인류의 적으로 규정할 생각이다.

그것을 사전에 발표하고 서서히 동대륙의 중부 지역에 여론을 만들 것이다. 동시에 산드리아 제국의 부족들과도 본격적으로 접선할 생각이었다.

물론 이렇게 과격하게 움직일 경우 로만이 군대를 움직일 가능성이 있었다.

하지만 그것마저도 이미 대비를 해 놓았다.

'로만이 움직이는 순간 전쟁 시작이지.'

그렇게 생각한 카리엘이 주먹을 꽉 쥐었다.

전생에 수없이 공격받았던 철벽. 그리고 로만에게 당했던 과거를 되갚아 줄 시기가 다가왔다.

카리엘의 명령에 타리온이 직접 동대륙으로 넘어가 작전을 시작했고, 카리엘이 예상했던 것처럼 동대륙의 중부 지역은 조금씩 혼란에 빠져들었다.

-인류의 적.

인류의 배신자란 타이틀은 같은 인간으로서 굉장히 무겁게 느껴질 수밖에 없었다.

아무리 국왕과 고위 귀족들이 타일러 보아도 이미 중부 지역의 왕국들은 흔들리고 있었다.

그러자 로만도 더는 참지 않고 군대를 움직이기 시작했다.

인류연맹이 정식으로 만들어지는 것을 막기 위해 남부 왕국들을 압박하려 한 것이다.

"슬슬 움직일 때가 되었군."

"준비하겠습니다."

카리엘의 말에 데이비어 공작이 고개를 숙이며 답했다.

그러자 고개를 끄덕인 카리엘이 비밀리에 황궁으로 들어온 시카리오 후작을 바라보았다.

"태양검은?"

"데려왔습니다."

시카리오 후작의 대답에 카리엘이 작게 고개를 끄덕이고는 시종장에게 옛 남부 왕국들의 마스터들과 함께 오라고 지시했다.

카리엘이 집무실에 들어서자 고개를 숙이고는 세 명의 마스터.

모두 월크셔 공작이 직접 만든 수갑을 차고선 가만히 서 있었다.

모두 위험 인물이기 때문일까? 아켈리오와 글렌, 시카리오 후작, 월크셔 공작까지 집무실에 모여 있었다.

"그대들의 군대를 이끌 기회를 주지."

"……전쟁입니까?"

피레스 공작의 물음에 카리엘이 가만히 고개를 끄덕였다.

"약속대로만 지켜 준다면 왕자들은 살려 두지."

"……."

"……."

카리엘의 말에 클레타 공작과 피레스 공작이 침묵했다.

결국 왕의 목숨은 지켜지지 못했다.

그래도 한 나라의 국왕이라고 오랜 시간 법정에서 공방 중이지만 카리엘의 의지가 확고한 이상 죽음은 면치 못할 것이다.

그렇다면 남은 왕자들이라도 살려야 했다.

그들뿐만 아니라 자신들의 가족들을 살리고 옛 왕국의 국민들이 차별받지 않게 하려면 그만한 대가를 치러야 함을 잘 알았다.

지금 옛 남부 왕국들의 도시들이 발전하고 있는 것이 전부 황제의 자비에 의해 일어난 일임을 알기에 군말 없이 고개를 숙였다.

"그대 역시 약속한 바를 지키게. 그럼 다시 제국의 수도에 신전을 짓도록 허하지."

"……그리하겠습니다."

태양검 역시 말없이 고개를 숙였다.

이곳으로 오기 전 교황이 했던 말을 생각하며 굴욕감을 참아 냈다.

"황제의 말에 절대 복종하게. 우리가 다시금 제국의 중심

신앙으로 받아들여질 수 있게끔 모든 굴욕을 감내하고 기어
야 하네."

철저히 굴복하는 자세를 보일 것.
그것이 교황이 원하는 바였고, 태양검은 그것을 충실히 이
행할 생각이었다.
"풀어 주게."
"위험합니다."
카리엘의 명령에 곁에 서 있던 글렌이 손잡이에 손을 올리
며 말하자 카리엘이 고개를 저었다.
그러자 월크셔 공작이 한숨과 함께 수갑을 풀어 주었다.
"그대들을 믿어 보지."
카리엘의 명령에 세 명의 마스터가 말없이 한쪽 무릎을 꿇
고 고개를 숙였다. 복종의 맹세와도 같은 그 모습에 카리엘
이 작게 고개를 끄덕였다.
교국으로 위상이 떨어진 태양검과 옛 남부 왕국들의 마스
터들에게 복종을 받아 낸 카리엘은 만족스러운 미소와 함께
동쪽으로 떠날 준비를 했다.

　　　　　　　　　　✳

얼마 후, 아이사 군도에 동대륙의 정상들과 카리엘이 모였

다.

그리고 그날, 제국을 비롯한 동대륙 전역에 단 하나의 기사가 퍼져 나갔다.

－인류연맹이 만들어지다!

카리엘과 동대륙 국가의 수장들이 모여 만든 연맹으로 인해 동대륙은 흥분했다.

그동안 반목하던 두 대륙의 수장들이 한데 모여서 회의를 하고 공공의 적을 만들어 같이 움직이기로 한 것은 분명 감동을 불러일으킬 만한 일이었다.

그럼에도 불구하고 혼란스러운 것은 하필 오랫동안 동대륙의 수장으로 군림한 로만이 그 공공의 적인 탓이었다.

서대륙의 통일 국가와 동대륙의 절반에 가까운 국가들이 동맹을 맺었으니 남은 국가들 입장에서 발등에 불이 떨어진 격이었기 때문이다. 그러자 중부 지역의 국가들은 내부에서 첨예하게 의견 대립을 이루었다.

"인류연맹에 가입하라!"

"가입하라!"

로만을 제외한 중부 지역의 국가들 전역에서 시위가 일어나기 시작했다.

언제 인류의 적이 되어 전쟁을 치를지 모르니 그 전에 인류연맹에 가입하라는 것이었다.

하지만 이미 마족과 계약한 왕들이 그것을 들어줄 리 없었다.

그나마 그들만이었다면 반역을 저질러서라도 인류연맹에 가입했겠지만 고위 귀족들까지 죄다 마족과 계약했기 때문에 국민들의 요구를 묵살하고 있었다.

어떤 국가들은 강제로 시위에 나온 국민들을 진압하기도 했다.

그러자 시위대는 더 격렬하게 저항했다.

평화로운 시위대였던 그들은 저항 세력으로 변모했다.

그리고 바로 이때, 이그니트가 움직였다.

"제국에서 도움을 주신다고요?"

"그렇소. 인류를 위한 싸움을 시작하신 것이니 인류연맹으로서 당연히 도움을 드려야 하오."

제국의 그림자의 제안에 동대륙의 작은 국가의 저항 세력이 어리둥절한 표정을 지었다.

"그게 무슨……?"

"그대들의 국왕이 마족과 계약했다는 증거요."

그림자의 말에 저항 세력의 수장은 그가 건넨 자료를 살폈다. 그리고 부들부들 떨기 시작했다.

솔직히 의심은 하고 있었다.

동대륙의 대다수 사람들이 중부 국가가 마족과 손잡았을

것이라고 생각하고 있었다. 하지만 막연한 의심이 현실로 다가오니 분노를 참을 수 없었다.

"다른 국가들도 이런 것입니까?"

"그럴 겁니다."

그림자의 말에 저항 세력의 수장이 이를 갈았다.

"인류연맹은 어째서 이러한 사실을 발표하지 않은 겁니까?"

솔직히 이그니트가 발표해도 그만이었다.

하지만 그래선 효과가 반감된다. 가장 큰 것은 각국의 저항 세력이 이 사실을 알리고 국민들이 반란 세력에 더 가담하게 하는 것.

그로 인해 동대륙 중부 지역이 혼란에 빠지고, 그사이 제국은 로만을 공격한다.

이것이 최고의 방법이었다.

"그대들의 나라가 스스로 이 위기를 헤쳐 나가길 바라기 때문이오."

"그게 무슨……?"

"물론 도움은 줄 것이오. 하지만 자국의 주권은 스스로 위기를 벗어났을 때 가치가 있다는 것이 저희 황제 폐하의 뜻이오."

카리엘의 뜻이라는 것을 밝히자 저항 세력의 수장이 눈을 동그랗게 뜨고 멍하니 그림자를 바라보았다.

타국에 기대기만 해선 의미가 없다.

진정으로 자신들의 국가가 타락한 왕으로부터 벗어나길 원한다면 스스로 들고일어나야 한다.

"폐하께 감사하다고 전해 주십시오."

저항 세력 수장이 고개를 숙이며 말하자 그림자 역시 고개를 숙이고는 마지막으로 말했다.

"지원 물자는 비밀리에 이 거점으로 보름에 걸쳐 들어올 것이오."

"알겠습니다."

"부디 뜻한 바를 이루길……."

그림자가 그렇게 말하고는 모습을 감췄다.

그가 있던 자리를 한동안 멍하니 바라보던 저항 세력의 수장은 마침내 움직였다.

유구한 역사가 있는 자신들의 국가가 생존하기 위해선 현 국왕을 몰아내야 한다는 당위성.

그것이 확보되었다.

그동안 대부분의 국민들이 혼란스러워하면서도 저항 세력에는 쉽게 가담하지 못했던 이유.

그건 자신들의 국왕이 나라를 위해 한 선택일 수도 있다는 것과 오랜 시간 로만과 손잡았던 역사 때문이다.

하지만 저항 세력의 발표가 터져 나오면서 상황이 달라졌다.

"다행이군."

그림자의 보고를 들으면서 카리엘이 미소를 지었다.

다행히 늦지 않게 저항 세력이 생겨나면서 카리엘이 움직일 수 있는 영역을 확보해 주었다.

"조금만 더 늦었어도 이 정도 혼란은 어려웠을 겁니다."

타리온의 말에 카리엘도 동의한다는 듯 고개를 끄덕였다.

사실 제국 관료들 입장에선 급하게 가지 말고 천천히 동대륙의 중부 세력에 작전을 걸려고 했다.

준비 없이 무작정 자금을 때려 박았다가 실패한 전적이 있었기 때문이다.

하지만 카리엘이 밀어붙였다.

그리고 그 판단이 맞았다는 것이 방금의 보고로 확인되었다.

"마족들이 수를 쓰기 전에 더 과감하게 움직여야 해."

"예."

카리엘의 명령에 타리온이 고개를 숙이며 답했다.

안정을 중요시하는 관료들 입장에서는 보다 완벽한 작전을 추구한다.

하지만 모든 보고를 받으면서 전체적인 흐름을 파악하고 있는 카리엘이 보기에는 좀 더 빠르게 움직일 필요가 있었다.

"요즘 행보만 보면 로만의 황제답지 않은 것 같습니다."

타리온의 말에 카리엘 역시 작게 고개를 끄덕였다.

전생에 수없이 자신을 괴롭혔던 자가 바로 현 로만의 황제였다.

영악하기로는 교황과 비슷할 정도였던 양반이 이렇게 속수무책으로 당한다?

그렇다는 건 다른 꿍꿍이가 있다는 것이다.

"더 큰 그림을 그리고 있을지도……."

"큰 그림 말입니까?"

타리온의 물음에 카리엘이 작게 고개를 끄덕였다.

자신이 아는 로만의 황제라면 이렇게 맥없이 당하지는 않을 것이다. 그런데 마족들에게 맡겨 놓고 자신은 뒤로 빠져 있다?

그렇다는 건 뭔가 더 큰 그림을 그리고 있다고 봐야 했다.

"로만의 황제가 그린 큰 그림에서 볼 때 지금의 문제는 사소하다고 본 것이지."

"자국의 명운이 걸렸음에도 말입니까?"

타리온의 말에 카리엘이 피식 웃었다.

"명운이라……. 그게 아닐 수도 있겠어."

"……예?"

"우리가 전력으로 공격한다고 해도 살아남을 수 있는 확신. 그게 있으니까 이처럼 방관하는 것이겠지."

카리엘의 말에 타리온이 이해가 안 간다는 표정으로 고개를 갸웃거렸다.

"철벽 쪽에 전력을 더 투입해야겠어."

"그럴 경우 치안 공백이 있을 수 있습니다."

"그 정도는 감수해야지."

그렇게 말하면서 카리엘은 서랍에서 노트를 꺼내 자신이 세운 계획을 펜으로 쭉쭉 그었다.

"보름. 그 안에 총공격을 개시한다."

"너무 급한 거 아닙니까? 동대륙의 중부 지역이 좀 더 여물길 기다리는 것도 좋을 것 같습니다. 게다가 로만 내에서도 혼란이 일어나고 있습니다."

타리온의 말은 타당했다.

겉으로 드러난 상황들은 이그니트에게 절대적으로 유리했다.

하지만 그동안 로만이 보여 왔던 행보를 보면 반대로 생각할 수밖에 없었다.

'로만 황제의 의도대로 놀아날 수는 없지.'

시간을 끌며 웃고 있을 로만 황제를 생각하며 미간을 찌푸린 카리엘은 타리온에게 물었다.

"유목 민족들과의 접선은 어떻게 진행되고 있지?"

"현재 동쪽 끝자락에 있는 유목 민족과의 협의는 끝났습니다. 근방의 다른 부족들 역시 마족들의 위험성에 대해선 대부분 공감하고 있는 상황입니다. 문제는 골란입니다."

타리온의 말에 카리엘은 예상했다는 듯 고개를 끄덕였다.

"마족들에게 붙은 건 아니지?"

"예, 다만 자신들이 굳이 로만과 싸워야 될 이유를 모르겠다고 합니다."

타리온의 말에 카리엘이 그럴 줄 알았다는 듯 고개를 끄덕였다.

현 골란의 수장은 제법 머리를 굴릴 줄 아는 놈이었다.

그의 입장에선 마족들이 나타나 주는 것이 더 좋았다.

현재 골란과 비견될 만한 부족들은 전부 로만의 국경 근처다. 그런데 하필 마족들이 있을 것이라고 의심되는 지역이 그 부근이었다.

"골란은 나중에. 다른 부족들에게 마족들이 위험한 존재라는 것을 계속 주지시키는 것으로 충분해."

골란은 자신들과 비견될 만한 부족들이 마족에게 당하는 순간 수백 개로 찢어진 유목 민족을 통일할 가능성이 있다고 생각할 것이다.

그러니 마족들이 준동하기 전까진 절대 움직일 리 없다.

이미 전생에서도 이런 비슷한 움직임을 보여 주었으니 확실했다.

"이것으로 되겠습니까?"

"녀석들은 마족들이 나타나면 알아서 움직일 거야. 걔네는 이 정도 선에서 멈춰."

"예."

유목 민족에 대한 문제를 마무리한 카리엘은 한숨을 쉬었다.

"로만의 의도가 뭘까?"

카리엘은 그렇게 중얼거리며 로만의 입장에서 생각해 봤다.

'단순히 마계의 군단들을 끌어들이는 것만으로는 리스크가 너무 커.'

카리엘은 한참을 생각에 잠겼다.

이미 노트에는 전생에 카리엘이 보았던 마족들의 상세한 군사력이 적혀 있었다.

과거 고대를 끔찍하게 만들었던 마계를 생각할 수 있지만, 의외로 그 정도로 막강한 전력은 아니었다.

비록 글렌이라는 존재에 의지하긴 했지만 반쯤 박살 난 제국이 견딜 수 있을 정도의 수준.

'로만의 황제가 이렇게 움츠리고 있을 정도라면 최소 그거 이상이라는 뜻인데…….'

그게 무엇인지 파악할 수 없는 이상 섣불리 로만의 전력을 확정 짓는 것은 곤란했다.

그렇기에 지금 상황에서 할 수 있는 건 하나뿐이었다.

"시카리오 후작보고 교황과 함께 전력에 합류하라고 해. 글렌 역시 황궁 기사단과 수도 방위 기사단 일부를 이끌고 철벽으로 가게끔 하고."

"그럼 제국에 남은 마스터는 아켈리오 경과 월크셔 공작뿐입니다."

"충분하지."

타리온의 걱정스러운 목소리에 카리엘이 충분하다는 듯 고개를 끄덕였다.

하지만 타리온 입장에서는 걱정스러울 수밖에 없었다.

마스터급 두 명이 수도에 남는다 하지만 월크셔 공작은 마도 공방 때문에 여기저기 돌아다녀야 하는 입장이었다.

실제로 위기에 처했을 때 곧바로 달려올 수 없는 입장인 것이다.

"전처럼 공중을 통한 습격이 있을 수 있습니다."

"그에 대비하기 위해 중앙군에 제국의 주력 공군이 머물고 있는 거잖아."

"그래도……."

반론은 허용하지 않겠다는 듯 카리엘이 단호하게 고개를 저었다.

웬만한 일은 대신들이나 관료들의 의견을 수용하는 카리엘이었으나 특수한 상황에 대해서는 단호한 결정을 내리고는 했다.

그리고 이때까지 그 결정들은 거의 바꾸지 않았었다.

이번에도 마찬가지였다.

"타리온은 가서 준비하고. 시종장은 외무대신을 불러와. 인류연맹도 움직일 때가 되었어."

"알겠습니다."

"예."

명을 받은 타리온과 시종장이 밖으로 나갔다.

그리고 얼마 뒤, 카리엘은 들어온 외무대신을 통해 인류연맹이 움직일 때가 되었음을 알렸다.

"마침내 인류의 적을 벌할 때가 되었다! 인류를 배신하고 마족에게 붙은 배신자들을 처단하고 마족들이 대륙을 넘보지 못하게 할 것이다!"

카리엘이 직접 제국민들이 모인 광장에서 로만을 칠 것을 천명하자 인류연맹의 다른 국가들 역시 군사를 일으키면서 로만을 칠 것을 천명했다.

그러자 가장 먼저 움직인 것은 동대륙 국가들이었다.

남부 왕국들이 동쪽의 국가들을 치기 시작한 것이다.

잘못된 선택을 한 왕가를 벌한다는 명분으로 공격하자 동쪽의 국가들이 저항했다.

하지만 이들은 빠르게 무너질 수밖에 없었다.

내부의 저항 세력이 안쪽에 혼란을 주면서 얼마 버티지 못하고 무너져 버린 것이다.

"국왕과 고위 귀족들은 이미 빠져나간 것 같습니다."

"칫! 아쉽군."

한 기사의 보고에 지휘관으로 보이는 남자가 혀를 찼다.

이런 상황은 다른 소국들 역시 마찬가지였다.

그들은 이럴 줄 알았다는 듯, 자신들만 몸을 쏙 빼서 로만으로 튀었다.

그런데 문제는 그들만 튄 게 아니라는 것이다.

소국들의 정예 병력을 죄다 들고 로만으로 튀었기 때문에 점령 지역에 있는 병력은 대부분 쭉정이들뿐이었다. 재물들 역시 죄다 들고 튀어서 애써 점령한 보람도 없었다.

이런 상황 속에서 마침내 제국의 공격이 시작되었다.

"예상보다 빠르게 시작했군."

"이그니트의 황제가 눈치챈 것 같습니다."

로만의 황제가 재밌다는 듯 웃으면서 말하자 무릎 꿇은 마법사가 고개를 숙이면서 말했다.

"살짝 아쉽긴 하지만 이 정도면 충분하겠지. 가서 너희의 수장에게 알려라. 움직일 때가 되었다고."

"예, 폐하."

드러나는 로만의 전력

동대륙의 남부 왕국들이 중부 지역을 공략하면서 소국들을 하나하나 해방하기 시작할 무렵, 윙사르를 중심으로 로만과 국경을 맞대고 있는 국가들이 북상을 시작했다.

기사왕이라 불리는 브라이튼 국왕을 중심으로 구성된 남쪽의 병력과, 동쪽 지역에서 중립국으로 유명한 덴버의 명장이자 마스터인 노장 더글라스가 소국들을 함락시키면서 로만을 압박했다.

동대륙에서도 유명한 두 명의 마스터를 중심으로 로만을 공격하는 순간, 제국 역시 철벽을 넘어 공격을 시작했다.

-본격적으로 시작된 이그니트와 로만의 전쟁!

-공격받던 입장에서 공격하는 입장으로 변한 이그니트.

　이그니트의 공격이 시작되었다는 것을 실시간으로 알리면서 서대륙 전역의 시선이 동쪽에 집중됐다.
　두 제국이 본격적으로 전쟁을 벌이기 시작하자 모든 이들이 관심을 기울였다.
　서대륙을 통일한 시점에서 이그니트의 우세가 점쳐졌고, 인류연맹까지 있으니 로만이 패배하는 것은 기정사실이나 다름없다.
　이들이 관심을 갖는 것은 얼마나 빨리 로만을 무너뜨리느냐는 것뿐.
　이런 세간의 평가와 다르게 이그니트의 군부는 걱정이 산더미처럼 쌓여 있었다.
　"언제 마족들이 모습을 드러낼 것인가?"
　"국경선이 위험하면 아니겠습니까?"
　"어쩌면 국경선을 일부러 비우고 우리를 안쪽으로 끌어들인 다음 공격할 수도 있습니다."
　"남쪽과 동쪽의 군대가 어떻게 될지 확인하고 움직이는 게 나을 수도 있습니다. 저들이 다른 지역의 방어를 포기하고 제국에만 집중할 수도 있습니다!"
　제국의 군부가 앞으로 어떻게 흘러갈지 치열하게 토론을 벌이고 있을 무렵, 로만의 군부는 바빠지고 있었다.

"제길! 다른 쪽 국경선은 전부 포기해. 최대한 안쪽으로 끌어들여서 주요 거점 요새에서 방어한다."

"예!"

로만 최고의 사령관이라 불리는 에쉬타르가 다급히 여러 부하들에게 명령을 내렸다.

이그니트 제국군을 막기 위해선 다른 곳에 신경 쓸 여력이 없었다. 자칫 잘못 싸웠다간 한 방에 수도까지 뚫릴 수 있기 때문이다.

그렇기에 다른 동대륙 연합군에 대한 방어를 포기하고 수도를 중심으로 두 개의 거점 요새에서 막을 생각이었다.

문제는 그다음이다.

"폐하께선 뭐라 하시던가."

"별말씀 없으셨습니다."

"후…… 정말인가?"

"예."

황제 직속의 장교의 대답에 에쉬타르의 표정이 썩어 들어갔다.

이미 로만이 마족과 손잡은 것을 대륙의 모든 사람들이 알고 있었다. 그런데 더 숨길 게 무에 있단 말인가?

사실 에쉬타르도 마족에 관해선 자세히 알지 못했다.

로만에서 마족과 관련된 정보를 잘 알고 있는 건 황제와 몇몇 최상층의 인물들뿐이다.

그런 이들이 끝끝내 숨기고 있으니 에쉬타르 입장에선 답답할 뿐이었다.

"이대로라면 한 달도 못 가서 수도까지 적이 몰려올 걸세."

"……."

에쉬타르의 솔직한 말에 황제의 귀라 불리는 장교가 한숨을 쉬었다.

"저도 아는 바가 없습니다. 송구합니다."

"……미치겠군."

답답한 표정으로 담배를 무는 에쉬타르를 보면서 젊은 장교가 조심스레 말했다.

"예전에 폐하께서 말씀하시길, 때가 되면 나설 것이라 하셨습니다."

"그때가 로만의 멸망 이후인가?"

"그렇지는 않을 것입니다."

확답에 가까운 장교의 말에 에쉬타르가 한숨을 쉬었다.

"알겠네. 말하기 어려웠을 텐데 고맙군."

"도움을 못 드려 송구합니다."

자국의 위기 상황.

그런 상황에서 별다른 도움이 되지 못하는 자신에게 환멸감을 느낀 장교가 쓴웃음을 지으며 밖으로 나갔다.

그런 장교의 모습에 에쉬타르 역시 쓴웃음을 지었다.

"폐하께선 대체 무슨 생각이신가……."

에쉬타르가 그렇게 중얼거리면서 상황판을 바라보았다.

현명하던 로만의 황제였다.

그런 그가 이런 무리수를 둘 정도라면 필시 뭔가가 있을 터.

그렇기에 믿고 따랐건만 갈수록 로만의 상황은 어려워지기만 할 뿐이다.

"그래도 믿고 따라야겠지."

최근의 모습을 보면 이해가 안 가는 행동을 하고 있지만 그래도 조국의 황제였다.

분명 뭔가 생각한 바가 있을 것이라며 믿고 최대한 적들을 막기 위해서 머리를 굴렸다.

로만을 따르는 인접 국가의 요새에 지원군을 보내면서 적들의 시간을 낮추고 남쪽에서 진격해 오는 적들은 무시하며 주요 요새로 병력을 집결시켰다.

그러자 인류연맹은 신이 났다.

비록 상대가 의도한 것이라고는 하지만 연전연승을 하고 있었기 때문이다.

-연승! 거칠 것이 없는 인류연맹!

-파죽지세로 올라가는 남부 연합군. 이대로라면 이그니트 제국보다 먼저 로만의 수도에 도착할 수도?

-로만의 동맹국을 박살 낸 동부 연합군. '우리가 더 빨리 도달할

것이다!' 남부와 동부 연합군이 서로 경쟁하듯 로만의 영토를 집어삼키다?

　거칠 것 없이 로만의 수도를 향해 진격하던 그들도 결국 멈출 수밖에 없는 순간이 다가왔다.
　"역시…… 로만인가?"
　윙사르의 국왕이자 동대륙의 남부를 대표하는 마스터인 브라이튼이 로만의 요새를 보고 감탄했다.
　견고하게 만들어진 성벽은 물론이고, 몇십 겹으로 중첩된 결계와 수백은 넘어 보이는 마도포들은 잘못 공격했다간 엄청난 피해만 입을 것임을 보여 주고 있었다.
　그리고 그건 동쪽에서 진입하는 군대 역시 마찬가지였다.
　산드리아와 로만 사이에서 줄타기 외교를 하던 중립국 덴버의 마스터 더글라스도 로만의 동쪽 요새 앞에서 진격을 멈출 수밖에 없었다.
　"에쉬타르가 준비를 단단히 했군."
　자신의 친우이자 로만을 대표하는 명장인 에쉬타르가 이곳을 최후의 거점으로 삼은 것이라는 걸 단번에 알 수 있었다.
　"일단 휴식을 취하도록 하시오."
　"예."
　더글라스의 명령에 각 국가의 병력이 임시 기지를 만들면서 요새 공략에 앞서 휴식을 취했다.

그렇게 동대륙의 연합군이 로만의 요새 앞에서 진격을 멈췄을 때, 제국군은 철벽을 넘어서 동대륙으로 진입하는 거인의 요새를 공략하는 중이었다.

"간은 충분히 본 것 같은데…… 어떻게 생각하시오?"

데이비어 공작의 물음에 태양검과 옛 남부 왕국의 마스터들이 고개를 끄덕였다.

4인의 마스터.

그에 반해 상대는 서대륙을 괴롭혔던 쌍둥이 마스터 이반 형제와 로만 유일의 마도사 발칸이었다.

사실상 로만의 전력 대부분을 이 요새를 지키기 위해 투입했음에도 한 명이 부족했다.

혹시라도 숨겨 놓은 전력이 있을까 싶어서 탐색전을 펼쳤지만 결국 나오는 이는 없었다.

그렇기에 더 볼 것 없다는 듯 제국의 총공세를 결정했다.

"……오는군."

"그래."

이반 형제가 죽음을 각오한 표정으로 몰려오는 이그니트의 대군을 바라보았다.

정예로 이루어진 이그니트 군대의 총공격이라 아무리 거

인의 요새라도 며칠을 버티지 못할 것이다.

그걸 알기에 이를 악무는 이반 형제.

그리고 뒤이어 성벽에 오른 마도사 발칸이 지팡이를 들어 올렸다.

그 순간 이그니트의 4인의 마스터가 일시에 오러를 만들어 내면서 요새를 공략하기 시작했다.

"단숨에 요새를 함락시키고 수도로 진격한다!"

데이비어 공작의 외침에 이그니트의 군대가 함성을 지르면서 돌격했다.

그러자 한 명이 모자란 로만 측에서도 사기를 끌어 올리면서 대항해 보았지만 데이비어의 돌진을 보자마자 대번에 사기가 싸늘하게 식어 버렸다.

남부의 마스터들과 태양검을 막기 위해 로만 측의 마스터급 전력이 모조리 투입되었지만 데이비어를 막을 인물이 없었기에 기사단으로 대응해야 했던 것이다.

데이비어 공작 혼자만이었다면 로만 측에서도 대응이 가능했을 것이다.

하지만 몰려오는 이그니트의 기사단까지 막기는 역부족이었다.

단번에 성문이 반파되면서 이그니트의 병력이 중앙으로 집결하며 성문을 중심으로 치열한 공방전이 일어났다.

그리고 그것을 뚫기 위해 데이비어가 전력을 다해 검을 뻗었다.

그가 자랑하는 섬광과도 같은 찌르기가 이어지며 검에서 막대한 오러가 뻗어 나갔다.

"뚜…… 뚫린다!"

기사단의 마력이 한데 모여 만들어진 창이 데이비어의 검에 균열이 일어나며 뚫리려는 바로 그때, 하늘에서 흑색 창이 떨어졌다.

쿠우웅!

"이 기운은…….''

자신의 공격을 막아 낸 흑마법을 확인한 데이비어 공작이 살기를 드러냈다.

"흑마법사인가?"

서대륙에 막대한 피해를 입히고 떠난 흑마법사의 수장이 상공에서 모습을 드러냈다.

그러자 데이비어 공작이 전력으로 오러를 끌어 올렸다.

상대가 마도사급으로 알려진 흑마법사의 수장이라면 처음부터 전력을 다해야 하기 때문이다.

'그래 봤자 승산은 우리 쪽에 있다. 흑마법사를 붙잡고 있는 것만으로도 우리가 우위야.'

전체적인 전력도 이그니트가 우세였지만, 성국의 교황과 북부의 시카리오가 합류하고 있다. 게다가 황궁 제2기사단장으로 임명된 글렌 역시 합류하고 있으니 시간은 자신들의 편이었다.

거기까지 생각한 글렌이 흑마도사를 견제하는 데 초점을 맞추며 검을 휘둘렀다.

수천 개의 흑색 창들을 일격에 날려 버리면서 치열한 접전을 벌이는 데이비어. 그리고 이반 형제와 마도사 발칸을 상대하는 이그니트의 마스터들.

그들이 치열한 접전을 벌일 때, 이그니트가 자랑하는 비공선들과 기사단들이 조금씩 거인의 요새에 들어서기 시작했다.

그러자 마침내 숨어 있던 흑마법사들이 모습을 드러냈다.

"드디어 기어 나왔군."

이그니트의 남부 사령관이 이를 드러내며 웃었다.

아직 마족들이 모습을 드러내지 않았지만 그들은 곧 당도할 병력이 있기에 충분했다.

"남겨 둔 전력을 모조리 투입해."

"예!"

로칸 바르사유의 명령과 함께 남아 있던 모든 병력이 투입되기 시작했다.

뚫려 버린 성문을 두고 제국에서 추가로 투입된 병력과 흑마법사들의 치열한 접전이 벌어졌다.

그 모습을 뒤에서 지켜보던 남부 사령관의 귀에 장교의 다급한 보고가 들려왔다.

"지원군이 정체불명의 집단에 공격받았다 합니다!"

"뭐?"

남부 사령관이 이해가 안 간다는 표정으로 고개를 갸웃거렸다.

"로만에 그럴 병력이…… 있었다면 차라리 이곳에 집중하는 게 나았을 텐데?"

로만의 명장인 에쉬타르가 한 결정치고는 뭔가 이상했다.

어설픈 병력으로는 교황과 서대륙 최강의 검에게 순식간에 학살당할 것이다.

이그니트 최고의 명장이라 불리는 그가 유일하게 인정하는 동대륙의 명장이 이런 어설픈 결정을 내린다?

뭔가 이상했다.

그렇게 의아함을 느낄 때 시카리오 후작 직속의 까마귀들이 당도해 추가적으로 보고했다.

"정체불명의 군대 때문에 지원군의 발이 묶였습니다. 오늘 안으로 당도하긴 어려울 것 같습니다."

"뭐? 그게 말이 되나?"

"정체불명의 군대에 마스터급 존재가 둘이나 섞여 있었습니다."

까마귀의 보고에 로칸이 눈을 커다랗게 뜨며 물었다.

"마족인가?"

"아닙니다. 마스터급 존재로 보이는 자는 폐하께서 마인이라 명명하신 놈들 같다고 합니다."

"마인…….."

로칸이 인상을 찡그릴 때 그에게 또 하나의 급보가 당도했다.

"글렌 경이 이끄는 군대 역시 습격을 당했다 합니다."

"뭐? 그들도 마인인가?"

"아닙니다. 이번엔 마족군단입니다. 스스로를 마군단장이라 밝힌 이와 글렌 경이 현재 전투 중입니다!"

뒤이어 들어온 보고에 로칸의 표정이 굳어졌다.

'이걸 노린 건가!'

그렇게 생각한 로칸 바르사유가 떨리는 표정으로 거인의 요새를 바라보았다.

압도적인 승리를 생각했던 그였지만, 상황이 묘하게 흘러가고 있었다.

'여기서 또 뭔가가 남았다면…… 어려운 싸움이 될지도 모르겠어.'

그렇게 생각한 로칸이 주먹을 꽉 쥐었다.

✳

로만이 준비한 한 수가 펼쳐지면서 압도적일 것으로 보였던 이그니트의 군대가 고전하기 시작했다.

단숨에 뚫을 수 있을 것 같은 거인의 요새를 결국 뚫지 못하고 뒤로 물러선 이그니트 제국의 주력군.

뒤이어 오는 군대들 역시 마족과 마인들에 의해 묶여 버렸다.

"역시 쉽지 않네."

수도에서 전쟁 상황을 보고받은 카리엘은 피식 웃었다.

그러자 군부대신이 그 모습에 의아한 표정을 지었다. 긴장하면서 보고를 올린 것과 다르게 카리엘의 기분이 그리 나빠 보이지 않았기 때문이다.

"아군이 고전하고 있는데 기뻐 보이십니다."

곁에 있던 타리온조차 의아한 표정으로 물었다.

"적들이 숨겨 놓은 힘을 드러냈으니까."

카리엘이 그렇게 말하면서 한시름 났다는 표정을 지었다.

만약 마지막까지 숨겨 놓은 힘을 드러내지 않았다면 자신이 생각한 것 이상으로 심각한 계획이 있을 수도 있다는 생각을 해야 했으니까.

그렇기에 오히려 이렇게 드러내는 편이 좋았다.

"군단장급 마족까지 나타났다지?"

"예. 글렌 경이 잘 막고는 있지만 아직 경험이 부족하기에 위험할 수도 있습니다."

타리온의 보고에 카리엘이 피식 웃었다.

"그건 걱정하지 마."

"예?"

"글렌이라면 잘 막아 낼 거야."

"하오나 기록에 따르면 마군단장은 평균적으로 마스터 중에서도 상위급 힘을 보여 주었습니다."

그새 마군단장에 대해 조사를 해 왔는지 타리온은 어떤 특징들이 있는지 읊어 댔다.

그럼에도 불구하고 카리엘은 여유로웠다.

'그 녀석이라면 마군단장을 상대하면서 더 성장하겠지.'

회귀 전에는 이번 생보다 더 늦게 재능을 개화했던 글렌.

그런 그가 삼십이 되기 전에 그랜드 마스터급에 올라섰던 이유는 딱 하나였다.

흑마법사들과 마족들을 처단하면서 미친 속도로 성장했기 때문이다.

마스터가 되기 전부터 고위 마족들을 썰고 다녔으며, 마스터가 되고 나선 마군단장급 존재들과 수없이 전투를 벌여 왔다.

한동안 그를 제외한 모든 마스터들이 죽었을 때 홀로 제국을 지탱해 온 존재가 글렌이다.

그런 그가 고작 마군단장 하나 만났다고 헤맬 리는 없었다.

"글렌은 됐고, 시카리오 후작과 교황 쪽은 어때?"

"압도적입니다."

이번엔 타리온이 걱정할 것 없다는 듯이 말했다.

서대륙 최강의 검과 마족들과 상극이라는 교황이 있는 군대다.

정예군으로 유명한 북부군과 다수의 성기사들과 사제들로 조합된 군인데, 마인에게 습격당한다고 큰일이 일어나는 건 이상한 일이다.

"하긴…… 마왕이라도 나타나지 않는 이상 그쪽을 제압하긴 어렵겠지."

현시점 서대륙 최강의 군을 웬만한 마인이나 마족으로는 상대하기 어려울 것이다.

고서에 기록된 것과 달리 마족들은 무적의 군대가 아니었다. 그렇기에 마족의 군대가 소환된다 한들 큰 걱정은 들지 않았다.

하지만 마왕만큼은 달랐다.

수많은 고서에 기록된 마왕에 대한 기록.

그리고 그를 무찔렀던 용사들의 기록을 보면 대부분 마왕을 죽이기는커녕 마계로 되돌려 보낸 게 고작일 만큼 막강한 힘을 가졌다.

그렇기에 현시점에 마왕이 나타난다면 카리엘도 긴장할 것이다.

'아직 그 정도까진 아니겠지.'

마왕이 대륙에 나타날 조짐을 보이면 필시 대륙에 영향을 끼친다.

로만의 내륙에서 소환된다 해도 거인의 산맥에서 검은 폭풍이 보일 정도로 강력한 마기의 폭풍이 발생할 터.

그게 아닌 이상 현시점의 카리엘에게 위협이 될 만한 건 없었다.

문제는 지옥이다.

전생을 겪어 본 카리엘이기에 마왕의 힘이 전설에 묘사된 것처럼 강하다는 걸 알고 있었다.

만약 지옥도 그러하다면?

'무조건 막아야겠지.'

지옥문이 잠깐 열리는 것만으로도 일부 지대를 죽음의 땅으로 만들 정도이니 무조건 막아야 했다.

문제는 아직까지도 지옥문이 있을 만한 곳을 찾지 못했다는 점이다.

"타리온, 마족들의 게이트가 있을 지점은?"

"로만과 유목 민족들의 분쟁 지역 같습니다."

"지옥문은 아직인가?"

"예."

타리온의 대답에 카리엘이 한숨을 쉬었다.

지하에 있더라도 로만을 집어삼킨 마족들이라면 어떻게든 찾아냈을 터.

하지만 타리온의 보고에 따르면 마족들은 이리저리 돌아

다니고 있다고 했다. 그렇다면 지옥문을 찾지는 못한 것일 터다.

"지하나 산드리아에 있을 가능성이 높다는 건데……. 시종장, 산드리아 쪽은?"

"아직 별다른 성과가 없사옵니다. 송구하옵니다."

시종장의 말에 카리엘이 괜찮다는 듯 손을 내저었다.

사막 지역은 이그니트에게도 미지의 영역이다.

가장 큰 문제는 무엇보다 그 광활한 영토에 얼마나 많은 부족이 있을지 모른다는 점이다.

소수 부족까지 전부 찾기엔 시간이 부족했다.

산드리아 제국이 어떻게 움직일지는 카리엘도 알 수 없었다.

한 가지 확실한 건 주요 부족들이 로만과 접선한 흔적을 찾은 것으로 보아 결코 인류에 좋은 방향이 아닐 가능성이 높다는 것.

그렇기에 지금 당장은 그들이 움직이지 않기를 바라야만 했다. 지옥문이 산드리아에 있다면 그들이 향후 지옥을 이용할 수도 있다는 점도 배제할 수 없었다.

'아직은 산드리아까지 커버할 상황이 아니야.'

그렇게 생각한 카리엘이 군부대신을 바라보았다.

"일단 각 군의 지휘관들에게 급하게 움직이지 말라고 당부해 두도록."

"알겠습니다."

"이미 단기전은 글렀다. 그렇다면 완전히 장기전으로 트는 것도 답이 될 수 있어."

카리엘의 말에 군부대신이 의아한 표정을 지었다.

"생각해 두신 바가 있습니까?"

"그래."

카리엘이 그렇게 말하면서 지도를 펼치고 동대륙의 북쪽 지역을 톡톡 두드렸다.

"유목 민족이 움직이기 전까지 대치만 하는 것."

"동대륙의 국가들이 그걸 받아들이겠습니까?"

카리엘의 말에 타리온이 표정을 찌푸리며 말했다.

이그니트조차 장기전으로 흘러가면 버거울 것이다. 제국 조차 이럴진대 하물며 다른 국가들은 말할 것도 없었다.

"괜찮을걸."

카리엘이 그렇게 말하면서 빙그레 웃었다.

사실 맨 처음부터 카리엘은 로만과의 전쟁을 단기간에 끝낼 수 있다고 보지를 않았다.

'로만의 황제가 쉽게 당할 리가 없지.'

그렇기에 초장기전까지 염두에 두고 있었다.

"일단은……."

카리엘이 군부대신과 타리온에게 자신의 생각을 말했다.

거인의 요새 점령에 실패한 이상 로만을 사방에서 압박하는 형태로 말려 죽일 생각이었다.

그러기 위해서 군부대신과 타리온과 함께 밤늦게까지 회의를 했다.

바로 그때, 외무대신의 목소리가 들려왔다.

"폐하! 큰일 났습니다!"

"무슨 일이지?"

"윙사르 진영에 마족들이 나타났다고 합니다. 또한 동쪽에서 진입 중인 군대 역시 마룡 떼가 나타나서 진격에 어려움을 겪고 있습니다. 현재 동대륙 국가들이 마족들로 인해 일단 후퇴한다고 전해 달라 했습니다."

갑작스럽게 들어온 소식에 외무대신이 식은땀을 흘리면서 보고를 올리자 카리엘은 이번에도 가볍게 고개를 끄덕였다.

그러나 군부대신의 안색은 어두워졌다.

"마룡 떼가 나타났다지만 모여 있는 병력만 보면 충분히 뚫을 만한데 그냥 물러나는 것이오?"

"마도사가 나타났다고 하오."

"마도사?"

군부대신의 물음에 외무대신이 고개를 끄덕였다.

"두 곳 모두 로만의 새로운 마도사가 나타났습니다."

외무대신의 말에 카리엘이 피식 웃으며 말했다.

"마인일 가능성이 높군."

글렌처럼 엄청난 천재가 나타나지 않는 이상 이렇게 갑작스럽게 마도사가 나타날 리 없다.

월크셔 공작조차 벽을 넘고서도 완벽한 마도사가 되기 위해 엄청난 시간을 소비해야 했다. 이런 시간이 없이 갑작스레 마도사가 나타났다면 한 가지뿐이다.

"군부대신."

"……예."

카리엘의 물음에 군부대신의 고개를 숙였다.

그 역시 카리엘의 작전을 완전히 받아들인 것이다.

장기전을 염두에 두고는 있지만 동대륙 국가들의 연합군이 어떻게 활약하느냐에 따라 단기전으로 끝낼 수도 있다고 보았다.

그런데 그 희망마저 완전히 끝나 버렸다.

"이것으로 단기전에 대한 희망은 완전히 끝났으니 장기전으로 완전히 방향을 틀지."

"……예, 폐하."

카리엘의 말에 군부대신이 한숨을 쉬면서 말했다.

전쟁에서 최선은 전쟁을 하지 않고 끝내는 것이지만, 차선은 단기전으로 피해를 최소화해서 끝내는 것이다.

피해가 없다 한들 장기전으로 끌고 가는 것 자체가 많은 물자의 소비가 일어남으로 최악이나 다름없게 되는 것이다.

"그럼 이제 확실하게 방향을 정할 수 있겠군."

카리엘은 그렇게 말하면서 빙그레 웃었다.

"대신들 전부 불러와. 전략 변경이다."

"예! 폐하."

✻

카리엘의 명령에 야밤에 슬슬 퇴근하려고 각을 잡던 대신들이 일제히 황제의 궁으로 모여들었다.

"오늘 집에 갈 생각은 말도록."

카리엘의 말에 대신들이 고개를 숙이면서 작게 한숨을 쉬었다.

"너희들이 오늘 할 일은 이것이다."

그렇게 말한 카리엘은 종이에 크게 작전명을 적어 주었다.

- 작전명 : 로만 말려 죽이기!

카리엘이 로만을 말려 죽이기 위해 장기전으로 돌입하는 작전의 뼈대를 만들어 주자 모든 대신들이 달려들어 살점을 붙이고 피부를 만들었다.

1. 밀고 들어간 지점에 요새를 만들어 영역을 굳힌다.
2. 로만의 국경 근처에서 지속적으로 첩보전을 펼친다.
3. 대규모 전쟁의 발발 시점은 유목 민족들이 움직이는 때

로 정한다.

4. 산드리아가 로만과 접선하지 못하도록 철저하게 차단한
다.

크게 네 가지의 방침을 정한 그들은 장기전에 돌입하기 위
한 작전의 세부 사항들을 짰다.

점령한 로만의 영토를 나누는 건 나중에 본격적으로 정하
도록 하고 일단 로만과 연결된 국가 위주로 땅을 갈랐다.

철저하게 본국에서 물자를 용이하게끔 하는 것.

그리고 마치 당장에라도 로만을 칠 것처럼 지속적으로 괴
롭히는 것.

어떤 나라와도 교역을 허락하지 않고, 지속적으로 국지전
을 일으켜 말려 죽이는 것이 이 작전의 핵심이었다.

"폐하께선 유목 민족이 움직일 거라 보십니까?"

"그래."

타리온의 물음에 카리엘은 확신에 찬 표정으로 고개를 끄
덕였다. 그러자 군부대신이 이해가 안 간다는 듯 고개를 갸
웃거렸다.

"로만이 바보가 아닌 이상 여기서 적을 더 만들 리가 없습
니다."

"로만은 그러겠지."

카리엘이 그렇게 말하면서 빙그레 웃었다.

확실히 로만은 여기서 더 적을 만들고 싶어 하지 않을 것이다.

하지만 마족들도 그러할까?

전생을 경험한 카리엘은 단호하게 고개를 저을 수 있었다.

마기를 다룬다는 것 자체가 정신적으로 불안정함을 안고 가는 것인데 그 정점에 이른 마군단장이라는 놈들이 과연 전부 정상일까?

아니다.

그들 중에는 마왕이 직접 명령을 내리지 않는 한 제멋대로 행동하는 놈들이 태반이었다.

자신의 강함에 취해 미친 듯이 돌격하는 놈들이 많았고, 전생의 제국은 그것을 이용해 글렌이 한 놈씩 박살 냈었다.

'이번에도 마찬가지겠지.'

이미 이번 생에서도 마군단장이 넘어온 것이 확실한 만큼 로만 내부에 더 많은 마군단장이 있을 확률이 높았다.

그놈들이 과연 지루하게 가만히 있는 걸 참기만 할까?

그럴 리가 없었다.

다른 곳으로 움직이지 못한다면 주변의 인간들이라도 학살하려 할 터.

동맹인 로만을 건들지 못하니 남은 곳은 하나뿐이었다.

"마족 놈들이 로만의 국경 주변의 부족들을 박살 낸다면 골란이 움직일 거다."

카리엘의 말에 대신들이 작게 고개를 끄덕였다.

하지만 아직까진 미심쩍은 표정들이 대부분이었다. 골란의 부족장에 대한 정보도 부족했고, 마족들에 대한 정보도 부족했으니 그럴 수밖에 없었다.

그렇기 때문에 지금의 카리엘은 대신들에게 이런 말밖에 할 수 없었다.

"믿어라."

그저 믿으라는 말뿐.

하지만 대신들은 그 말을 따를 수밖에 없었다.

가끔 자신들의 예상과 다른 명령을 내렸지만, 그 명령들 중에 성공하지 않은 것이 없었기 때문이다.

이번에도 역시 그와 같은 결과를 낼 것이라 생각하며 고개를 숙였다.

"골란이 움직이면 곧바로 치는 것입니까?"

타리온의 물음에 카리엘은 고개를 저었다.

"그가 북부를 통일할 시간은 줘야겠지."

"골란에 접선하는 게 그때군요."

타리온의 말에 카리엘이 고개를 끄덕였다.

지금은 완강히 밀어 내는 골란도 북쪽을 통일하려면 막대한 물자가 필요할 터.

그때가 되면 이그니트와 손잡을 수밖에 없을 것이다.

밤늦게까지 이어진 새로운 계획은 그날 곧바로 인류연맹

의 다른 국가들에게도 전해졌다.

❈

그리고 다음 날,

"모든 국가가 폐하의 제안에 동의했습니다."

"좋아. 본격적으로 로만을 말려 죽여 보자고."

시종장의 보고에 카리엘이 날카로운 눈빛으로 말했다.

그리고 그날 곧바로 거인의 길 중간에 새로운 요새가 만들어지기 시작했다.

❈

철벽과 거인의 요새의 중간 부분에 요새가 지어지면서 이그니트 제국의 주요 병력이 공격을 멈추고 새로 지어지는 요새를 중심으로 집결했다.

동시에 로만을 제외한 동대륙의 국가들 역시 점령지를 관리하면서 주요 지역에 요새를 만들기 시작했다.

그리고 이 소식은 곧장 로만의 황제에게 전달되었다.

"장기전인가?"

"그런 것 같습니다."

"우리를 말려 죽이려는 속셈이군."

황제가 그렇게 말하면서 피식 웃었다.

로만에서는 이그니트의 황제에 대한 성향은 진즉에 파악하고 있었다.

나이답지 않은 현숙함과 결단력 그리고 초대 황제의 힘을 완벽하게 계승한 인물.

그런데 이것이 전부가 아니었다.

1. 흑마법사나 마족에 관한 정보를 자세히 알고 있음.

−비밀 수호대 혹은 황제에게 내려오는 정보로 알았을 가능성이 높음.

−황실 혈통으로 인한 알 수 없는 힘으로 정보를 얻었을 가능성도 배제할 수 없음.

※이그니트 황제가 소환한 소환수들에게 정보를 제공받을 가능성이 큼.

2. 피해를 줄이고 전력을 보존하려는 성향이 큼

−마족과의 전쟁을 대비하려는 것일 가능성이 큼.

−자신이 파악하지 못한 위협에 대비하려는 성향이 큼.

−피해를 줄이는 데 자신을 희생시킬 가능성도 있음.

로만이 파악한 카리엘의 성향은 대략적으로 이러했다.

이번에도 역시 전력을 보존하려는 의미가 컸다.

'이그니트의 황제는 어디까지 보고 있을 것인가?'

자신이 보는 미래만큼 계획을 짜고 있는 것인지, 아니면 그 이상을 바라보고 있는 것인지 궁금했다.

한 가지 확실한 것은 자신이 감춘 비밀만큼이나 이그니트 황제가 감춘 비밀도 많을 것이라고 생각했다.

'한 번쯤은 직접 보면서 대화를 나누고 싶군.'

그렇게 생각하며 미소를 지을 때였다.

"폐하! 제국의 그림자들이 북쪽 지역을 공격하고 있다 합니다."

시종 하나가 다급히 달려와 부복하며 보고를 하자 황제가 차분한 표정으로 물었다.

"마족들은?"

"이미 발각되었습니다. 반마족을 비롯한 마족 다수가 그림자들에게 죽은 것으로 추정됩니다."

"마군단장이 날뛰고 있겠군."

"……예."

로만의 황제가 빙그레 웃으면서 말하자 보고를 하러 들어온 남자가 말없이 고개를 숙였다.

그러자 그 모습을 보면서 로브를 쓴 남자가 황제를 바라보았다.

"이그니트 쪽에서 저희가 마족들을 컨트롤하기 어렵다는 것을 알고 있는 것 같습니다."

로브를 쓴 남자의 말에 황제가 한 방 먹었다는 듯 웃음을 터뜨렸다.

로만과 마족들의 관계는 동맹일 뿐이다.

이그니트의 황제는 이것을 잘 알고 있는 것 같았다.

"이그니트 쪽 혈통인가? 아니면 그들에게 내려오는 정보일까?"

마족들이 통제되지 않는다는 점을 알지 못하는 이상 내리기 어려운 결정.

"마군단장이 자신들을 습격한 인간들을 쓸어 버리겠다고 날뛰고 있습니다. 명령을!"

"그가 없으면 마계 게이트 확장이 느려진다는 것을 본인이 가장 잘 알 터. 그럼에도 날뛴다는 건가?"

"인간 몇 명을 쓸어 버리는 데 그리 오랜 시간이 걸리진 않을 거라고 우기고 있습니다."

가뜩이나 마군단장 중에 한 명이 이그니트의 마스터를 막기 위해 가 버리느라 마계 게이트 확장 속도가 굉장히 느려졌다.

그런 상황에서 남은 군단장 한 명까지 빠져 버린다면 시간이 매우 지체될 것이다.

가속도가 붙은 게이트 확장 공사가 멈춰지게 되면서 다시금 정상 속도를 만드는 데에 또 시간이 걸릴 수밖에 없기 때문이다.

그런데도 우기는 마군단장을 보면 마족이란 생명체는 이성보다 본능을 우선시하는 놈들이 맞아 보였다.

"불가능할 것이다."

마군단장의 말에 로만의 황제가 고개를 저으며 말했다.

며칠 안에만 돌아오면 큰 문제가 없는 건 맞았다. 하지만 자신이 보기엔 마군단장이 며칠 안으로 이그니트의 그림자들을 전멸시키고 돌아올 것 같지가 않았다.

'이그니트 황제가 어설프게 공격했을 리 없다. 마군단장이 공격해 올지도 모른다는 것을 대비해 놨을 터.'

로만의 황제가 이렇게 생각했지만 마군단장을 통제할 방법은 없었다.

"짐의 생각은 반대이나…… 그가 말을 들을 것 같지는 않군. 그대들이 알아서 하시게."

"……최선을 다해 막아 보겠습니다."

황제의 말에 로브를 쓴 남자가 조용히 일어나 사라졌다.

로만과 흑마법사들 사이에서 맺은 밀약.

그 중심이 되는 내용에 위반되는 행동이기에 말을 잘 하면 마군단장을 통제할 수도 있을 것이다.

하지만 로만의 황제는 통제되지 않을 가능성이 높다고 보았다. 그럼에도 불구하고 내버려 두는 이유는 여유가 있기 때문이다.

"폐하, 저대로 내버려 두어도 괜찮겠습니까?"

시종이었던 이가 몸을 일으켜 로만의 황제를 바라보았다.

그러자 황제가 웃으면서 말했다.

"짐이 말해 보았자 잠시 듣는 척만 할 뿐. 결국 제멋대로 굴 것이다."

"하오나……."

"1번. 넌 언제나 걱정이 많구나."

황제에게 1번이라 불린 사내가 말없이 고개를 숙였다.

"그런 마음으로 어찌 검은 달을 이끌겠느냐. 느긋하게 상황을 볼 줄도 알아야 하느니."

"송구합니다."

고개를 숙인 검은 달의 수장인 1번.

이그니트에 그림자가 있다면 로만엔 검은 달이 있다.

"언젠가 그림자 놈들과 부딪쳐야 할 텐데 그래서야 쓰겠느냐."

"더 정진하겠습니다."

황제의 말에 이를 악물면서 답하는 1번.

황제 직속 단체인 이들은 이그니트로부터 시작되었다. 그들의 직속 단체인 그림자를 보고 필요성을 느껴 창설했으며, 이그니트가 숭배하는 불과 태양과 반대되는 의미로 이름 지었다.

그렇기에 검은 달은 그림자에 대한 적대감이 강했다.

"이러다가 그림자들에게 지는 건 아닌가 모르겠구나."

"……저희들의 현재 전력만으로 그림자는 물론 그들이 자랑하는 비밀 수호대도 박살 낼 수 있습니다."

자신감을 보이는 1번을 보면서 황제가 빙그레 웃었다.

허언을 하지 않기로 유명한 1번이기에 고개를 끄덕인 황제가 1번에게 말했다.

"마족들은 내버려 두거라."

어차피 마족들은 황제에게 쓸 만한 말에 불과할 뿐이다.

마왕 역시 로만의 황제를 그리 생각할 것이다.

서로가 목표를 이룰 도구로 생각하는, 언제라도 깨질 동맹 관계.

그렇다면 황제가 믿는 구석은 무엇일까?

"……부족에게 연락하거라. '그들'을 조금 빌려야겠구나."

"예."

황제가 무엇을 말하는지 알아들은 1번이 조용히 사라졌다.

그 모습을 보면서 입가에 미소를 그렸다.

"과연 이그니트의 황제가 어떻게 나올지 궁금하군."

자신이 부른 그들을 보았을 때, 카리엘이 어떤 반응을 보일지 궁금했기에 하루빨리 그날이 오기를 바랐다.

숱한 위기를 극복하고 결국 로만을 여기까지 몰아붙인 '그'라면 로만의 땅에 그들이 나타났을 때 이게 어떤 의미인지 바로 알아차릴 것이다.

로만의 황제가 생각하는 진짜 전쟁은 바로 그때부터일 것이다.

✳

카리엘을 대한 로만 황제의 기대감.

그리고 로만 황제를 향한 카리엘의 경계심.

서로를 인정하는 두 황제와 달리 상황은 점점 치열하게 전개되고 있었다.

-허수아비 로만. 진짜 '적'은 흑마법사와 마족 들!

-고서에만 존재하던 마군단장. 마왕 강림이 코앞으로 다가온 것일까?

전쟁 중에 발생한 일들이 동대륙 전체로 퍼지는 데는 일주일도 걸리지 않았다. 하지만 이것보다 심각한 일은 과열되었던 전쟁의 양상이 소강상태로 접어든 것이다.

대신 로만의 모든 길이 막혔다.

그런 상황에서 마족들이 날뛰기 시작하면서 로만의 국경 지역 전체에 영향을 미치기 시작했다.

-고립된 로만. 이대로 있다가는 고사될 것이다.

-날뛰는 마족들. 로만의 봉쇄를 풀 열쇠?

이그니트의 수도에까지 퍼진 이 사실에 카리엘은 피식 웃었다.

"잘하고 있네."

카리엘이 그림자들을 칭찬하자 타리온이 작게 고개를 숙였다.

로만을 봉쇄하는 것.

분명 효과적이기는 하지만 그것만으로는 부족했다.

애초에 이 전쟁을 시작한 명분인 마족들을 막는 것.

그것을 위해서 카리엘은 마족들을 건드리기로 했다. 그림자들을 혹한의 협곡 쪽으로 보내서 지속적으로 마족들과 마인들을 견제했다.

처음에는 그림자들뿐이었지만 이제는 성기사들까지 합류해서 본격적으로 마족들을 조지기 위한 작전에 들어갔다.

-대마족 특수부대 창설! '악마 사냥꾼'.

그건 바로 마족들을 위해 특수부대까지 창설한 카리엘이 성기사와 사제, 그림자 일부를 섞어 특수부대를 만드는 것이었다.

거기다 마족에게 효과적인 무기까지 배치하면서 혹한의 협곡으로 계속해서 병력을 밀어 넣었다.

"마군단장은?"

"분노해서 날뛰고 있습니다. 저희를 찾지 못해 애꿎은 로만의 백성들만 죽이고 있다 합니다."

"저런……."

타리온의 보고에 카리엘이 안타깝다는 표정을 지었다.

거인의 산맥에서도 보일 정도로 막강한 힘을 발산하며 애꿎은 사람들만 죽여 대는 마군단장.

전쟁에 영향을 끼치지 못하는 평민들이 죽는 건 안타까우나 어쩔 수가 없었다.

현시점에서 로만은 적이기 때문에 그들 역시 이그니트의 적일 뿐.

"마족들의 움직임은?"

"몇몇 이들이 특수부대를 낚기 위해 함정을 파는 시도를 했습니다."

"슬슬 녀석들도 진심으로 우리를 막고자 하는군."

처음엔 대수롭지 않은 피해였다.

일부러 하위 마족 몇 명이나 마인들 수십 정도만 죽이고 물러났다.

마족들 입장에선 다른 곳이 더 급하니 대수롭지 않은 피해는 무시했다.

하지만 그게 매일같이 반복되고, 심지어 여러 곳에서 일어나면 어떻게 될까?

결코 무시할 수 없는 피해가 누적될 것이다.

그리고 마침내 마족들이 참을 수 있는 한계가 넘어간 것이다.

"애들은 다 뺐지?"

"예. 돌아가는 상황으로 보아 마군단장이 직접 혹한의 협곡으로 올 가능성이 높습니다."

"성격 급한 황소 새끼가 많이도 참았군."

황소 뿔을 가진 마군단장.

전생에서 겪어 봤던 익숙한 놈이기에 카리엘이 잘 알았다.

오직 힘으로만 군단장 자리를 따낸 강자이나 그만큼 무식했다.

일단 적이 보이면 냅다 돌진하는 또라이 같은 놈이었다.

"괜히 더 알아본다고 무리하게 접근하지 말고 완전히 빼버려."

"알겠습니다."

카리엘의 명령에 타리온이 끄덕이며 답했다.

악마 사냥꾼을 육성하기 위해 카리엘이 들인 노력은 적지 않다.

가뜩이나 모자란 자금을 빼서 마도 공방에 특수한 무기를 만들게끔 지시했고, 교국을 비롯한 각 지역의 신전들로부터 성기사와 사제를 모았다.

그리고 사제는 부족한 육체 능력을 보완하기 위해 레인저로 훈련시키고.

성기사들에게는 은신과 암살법을 전수했으며.

그림자들 중에 불의 교단으로부터 조금이라도 신성력을 받을 수 있는 이들을 모았다.

그렇기에 마군단장과 맞닥뜨린다 해도 크게 걱정할 필요는 없었다.

"북쪽은 이제 됐다. 요새를 방비할 인원만 남겨 둬."

"남은 인원은 어찌할까요?"

"거인의 길 근방에 마인들이 날뛴다지?"

"그쪽으로 배치하겠습니다."

카리엘의 명령에 타리온이 고개를 숙이고는 물러났다.

하도 당하다 보니 마족들과 마인들이 혹한의 협곡 근방에 함정을 파고 기다릴 정도였으니 슬슬 빠지는 게 맞았다.

뭐든 과하면 부족한 것보다 못한 법.

목적한 바는 충실히 이행했으니 병력을 완전히 빼서 다른 곳으로 돌리는 게 나았다.

"무식한 소 새끼가 어떤 반응을 보일지 궁금하네."

자신들을 괴롭히던 놈들이 약만 올리고 사라져 버렸다.

가뜩이나 화를 못 참는 무식한 놈이 분노할 대상을 잃어버렸으니 어떻게 나올까?

어떻게든 주체 못 하는 화를 풀어내기 위해 대상을 찾을 것이다.

"북쪽이 유력하겠지."

그렇게 중얼거린 카리엘이 빙그레 미소를 지었다.

마군단장이 로만의 국경선을 넘는 순간, 이그니트가 동대륙의 북쪽에 간섭할 기회였다.

마족으로 인해 로만이 사방에서 견제당하는 상황이 완성되는 것이다.

"자! 그럼 슬슬 남은 수를 보여 주실까?"

그렇게 중얼거린 카리엘이 지도에 그려진 로만의 수도를 '콕' 찍었다.

아픈 데 또 찌르기!

현재 로만에게 가장 아픈 곳이 어디일까?

누가 뭐라 해도 마계 게이트를 여는 곳이라고 할 수 있었다.

그곳에 타격을 입는 순간 대계가 무너질 수도 있는 상황.

"미치겠군."

"누가 저 미친놈을 좀 막아 봐!"

이그니트의 그림자로 인해서 돌아 버린 마군단장이 날뛰자 그것을 막기 위해 흑마법사들이 투입되었다.

마족들은 자신들의 군단장이 무서워서 모른 척하고 있을 뿐이니 그들만으로 마군단장이 날뛰는 것을 막아야만 했다.

그런데 완전히 돌아 버린 마군단장을 그들이 막을 수 있을까?

−음머어어!

소 울음소리를 내면서 날뛰는 마군단장을 흑마법사들이 무슨 수로 막겠는가.

그들이 할 수 있는 것은 최대한 아군의 진형이 아닌 적이 있는 방향으로 안내하는 것뿐.

문제는 여기서 발생했다.

−어딨나! 어딨어!

목표로 했던 혹한의 협곡에 도착했음에도 불구하고 그림자들이 한 명도 보이지 않자 마군단장의 분노가 완전히 폭발해 버렸다.

"이 새끼들 어디로 간 거지?"

"설마…… 내뺀 건가?"

"하! 이런 미친……. 이걸 의도했다고?"

거인의 산맥을 샅샅이 뒤져 보아도 그림자들을 찾을 수 없었다.

그렇다는 건 이걸 의도한 것이라고 봐야 했다.

"어떡하지?"

"그러게……."

거인의 산맥에 있는 몬스터들을 학살하면서 그림자들을 찾고 있는 마군단장.

이대로라면 여기에 그림자들이 없다는 것을 곧 눈치챌 수밖에 없을 것이다.

선택지는 두 가지였다.

1. 혹한의 요새를 친다.
2. 다른 곳을 눈길을 돌린다.

"지금 혹한의 협곡을 건너는 건……."

"무리지. 시간도 오래 걸릴뿐더러 이그니트가 어떤 함정을 쳐 놨을지도 알 수가 없어."

이그니트에게 막대한 피해를 입혔던 흑마법사들이지만 그래서 더 잘 알았다.

현 황제라면 마군단장이 넘어오는 것까지 대비해 놨으리라.

그렇기에 더 조심해야 했다.

"여길 넘어가는 건 무리야."

"그럼 눈길을 다른 곳으로 돌려야 하는데……."

마군단장을 막기 위해 몰려온 흑마법사들이 자신들도 모르게 북쪽을 바라보았다.

동맹 세력인 로만을 제외하고 가장 가까운 곳은 북쪽뿐이다.

"북쪽으로 보내지."

"그럼 로만이 더 곤란해질 텐데?"

"어차피 마왕님만 나오면 끝나는 판 아닌가? 우리의 최우선 과제는 마계 게이트를 확장시키는 거야."

"으음…… 그래도 북쪽까지 가세하면 이곳의 방어가 더 어려워질 텐데."

다들 곤란해할 때였다.

의견이 갈리면서 서로를 설득하기 위해 대화하는 동안에도 마군단장의 분노는 더 쌓여만 갔다.

바로 그때 한쪽에서 검은 안개와 함께 나타난 마법사가 다수의 흑마법사들을 향해 다가왔다.

"장로님을 뵙습니다."

"마스터께서 명령을 내려 주셨다. 지금 당장 마군단장을 북쪽으로 안내하도록."

"명을 받듭니다."

사안이 심각하다는 것을 인지한 3장로가 직접 명령을 내리러 오자 모든 이들이 마군단장을 북쪽으로 끌고 가기 위해 머리를 굴렸다.

요새를 지키기 위해 움직인 흑마법사의 수장을 제외한 모든 장로급은 현재 마계 게이트 확장에 전력을 쏟고 있었다.

그런 상황에서 3장로가 직접 움직였다는 건 그만큼 마군단장의 폭주가 심상치 않은 상태였기 때문이다.

"괜히 제국으로 가서 뒈지지 않도록 잘 몰고 가도록."

"예."

3장로가 직접 진두지휘하면서 마군단장을 설득했다.

"그림자들이 북부로 움직인 정황이 발견되었습니다. 아무래도 유목 민족을 끌어들이려는 것 같습니다."

─그럼 유목 민족들을 박살 내면 되겠군.

"예. 마계 게이트가 더 시급하니 일단 국경선 근처만 박살 내시지요. 일단 그림자들의 의도만 박살 내는 선에 멈추고 마족들에게 맡기시는 게 좋을 것 같습니다."

3장로의 설득에 마군단장이 마음에 안 든다는 듯 콧김을 내뿜었다.

"그림자들에게 직접 복수하고 싶은 것은 알겠으나 뭐가 우선인지를 생각하십시오."

─쭛!

"일단 그림자들의 의도를 박살 내는 것만으로도 그들의 작전을 망가뜨린 것 아닙니까? 어쩌면 그들의 작전이 망가졌으니 우리가 입은 피해보다 더 큰 피해를 입었다 봐도 될 겁니다."

3장로의 설득에 마군단장이 고민하더니 자리에서 일어났다.

거인의 산맥에 그림자들이 없는 걸 직접 확인했으니 여기서 더 죽치고 앉아 봐야 얻을 건 없었다.

한차례 분노가 가라앉고 나니 어느 정도 머리를 굴릴 수 있게 된 마군단장이 결단을 내렸다.

-북쪽으로 간다.

마군단장의 결정에 흑마법사들과 마족들 다수가 그 뒤를 따랐다.

비록 흥분하면 앞으로 뛰쳐나가기에 '용장'이라 불리는 마군단장이지만, 오랜 세월 전장을 누볐던 그였기에 이대로 단독으로 산맥을 넘어가면 안 된다는 것쯤은 알 수 있었다.

흥분하면 또 까먹고 돌진할 가능성이 높기에 빠른 결정과 함께 곧바로 북쪽으로 움직였다.

"괴물은 괴물이군요."

"그러니 잘 컨트롤해야지. 조금만 엇나가도 대계가 어그러진다."

한 흑마법사의 말에 3장로가 긴장한 어투로 말했다.

압도적인 무력을 가진 저 마군단장이 왜 마계 게이트 확장에 투입되었겠는가?

분명 황소 뿔을 가진 마군단장은 거인의 길에 있는 마군단장보다 훨씬 강력했다. 하지만 저 급한 성정과 단순함 때문에 이곳에 있는 것이다.

콰앙!

황소 뿔로 만들어진 창이 휘둘릴 때마다 주변이 박살 나면서 저항하는 기마병들을 날려 버렸다.

마기조차 사용하지 않고 단순히 완력으로 휘두른 공격에 박살 나는 기마병.

그래도 오랫동안 강자로 군림했던 유목 민족들이기에 마력을 이용해 강력한 돌진기를 사용했으나 그 역시 마기를 사용하자마자 가로막혔다.

그 이후로는 그저 단순한 학살뿐이었다.

"끝나 가는군."

"또 이동하는 겁니까?"

"저 분노를 가라앉히기 위해선 적어도 이 일대를 전부 쓸어 버리게 두는 수밖에 없다."

3장로의 말에 옆에 있던 흑마법사가 한숨을 쉬었다.

"유목 민족마저 적이 되겠군요."

"어차피 마왕님을 섬기는 순간 인류는 적이었다."

그렇게 말한 3장로가 흑마법사의 어깨를 두드린 후, 다음 목적지를 향했다.

마군단장의 공격으로 동대륙의 북쪽 지역이 초토화되기 시작하자 이 사실이 동대륙 전체에 퍼져 나가기 시작했다.

살아남은 유목 민족들을 중심으로 마족에게 복수해야 한다는 여론이 형성되기 시작했다.

그리고 이 소식을 들은 카리엘이 빙그레 미소를 지었다.

"드디어 골란이 움직이는군."

"예."

마족에 대한 분노가 머리끝까지 솟아오른 유목 민족들.

그러자 이때를 기다렸다는 듯 골란이 깃발을 들고 일어났다.

"마족들과 싸우고자 하는 이들은 모두 골란으로 모여라!"

골란의 족장 바투 골란이 분노하는 부족들을 한데 끌어모으기 시작했다.

그러자 많은 이들이 골란의 깃발 아래 모이기 위해 말을 타고 대이동을 시작했다.

하지만 어느 정도 세력이 되는 부족들은 굳이 골란으로 모이려 하지 않았다. 이대로 골란에 모이면 그의 아래로 들어가야만 한다는 걸 잘 알았기 때문이다.

눈치 빠른 이들은 골란이 이때를 노려서 유목 민족을 통합하려 한다는 것을 알았다. 그래서 몇몇 세력이 강한 부족들이 자신들끼리 동맹을 맺어서 대항하고자 했다.

바로 그때, 한 가지 발표가 이어졌다.

-골란 부족! 인류연맹에 가입 절차를 밟는다!

마족에 대항하기 위한 세력, 인류연맹.

그곳에 골란 부족이 들어간다는 사실은 발표되기 무섭게 순식간에 동대륙 전체에 퍼졌고, 결국 이 소식은 북부의 평원 지대로까지 퍼져 나갔다.

 가뜩이나 유목 민족 중 가장 강하다고 평가받는 골란 부족인데 그들이 인류연맹에 가입까지 한다는 소식이 들려오니 남은 부족들은 불안해지기 시작했다.

 -제국은 인류를 위해 싸우기로 결정한 골란의 결정을 존중한다. 지금부터 골란이 마족에게 대항할 수 있도록 지원할 것이며……

 기다렸다는 듯이 나오는 이그니트 황제의 발표.

 골란을 통해 유목 민족 전체를 지원하겠다는 서대륙 황제의 발표에 아직까지도 망설이던 유목 민족들이 골란을 중심으로 모여들기 위해 말에 올라탔다.

 물론 이때까지도 의심하는 자들이 있었다.

 "우리를 이용하기 위한 서대륙의 음모다!"

 "기마민족을 방패막으로 삼을 거다!"

 "골란은 위대한 우리의 긍지를 돈에 팔아먹은 자다!"

 제대로 지원해 주기는커녕, 그저 마족들과 싸울 방패막이로 사용할 것이라는 의견들.

 마지막까지 골란 부족이 통일하는 것을 막기 위한 세력들의 외침.

 하지만 이런 그들의 주장은 곧 힘을 잃어버렸다.

 "어마어마하군."

"그러게."

남쪽을 통해 들어오는 이그니트와 남부왕국들의 지원 물자.

그것을 받은 부족들이 순식간에 질 좋은 무기를 들고 평원을 누빈다는 소문이 돌기 시작하자 골란 부족에 대한 호감도는 더욱 높아졌다.

그런 상황에서 골란의 족장 바투가 외쳤다.

"서쪽의 산맥 지형까지 점령해야 한다! 이그니트가 더 큰 지원을 해 주기로 약속했다! 그들의 지원을 받고자 한다면 모여라! 우리는 지금부터 서쪽을 향해 움직일 것이다!"

바투의 외침에 골란 부족으로 모인 모든 이들이 일제히 말에 올라탔다.

수를 헤아리기 힘든 엄청난 숫자의 군대가 일제히 서쪽을 향해 진격을 시작했다.

동시에 남은 부족민들은 남쪽으로 내려보내 막대한 지원 물자를 통해 새로운 강병들을 키워 내기 위한 작업에 들어갔다.

상황이 이렇게 되자 골란이 통일하는 것을 반대하던 부족들도 더는 기다릴 수 없었다.

하나둘 골란의 부대에 모이면서 유목 민족 전체가 하나로 뭉치기 시작했다.

"결국 최악의 상황이 일어나 버렸군."

로만의 황제가 이럴 줄 알았다는 듯이 말하자 그의 앞에 있는 대신들이 고개를 숙였다.

"송구합니다!"

"그대들의 잘못은 아니지. 애초에 미치광이가 날뛰는 걸 어떻게 막겠나?"

그렇게 말한 로만의 황제가 신하들에게 명했다.

"그대들은 마지막을 준비하라. 짐 역시 그때를 대비해 움직일 것이니."

항상 권태로운 표정으로 황좌에 앉아 있던 로만의 황제가 마침내 움직이기 시작했다. 이곳에 모인 대신들 중에 자신들의 황제가 숨기고 있는 것이 있다는 사실을 모르는 이는 없었다.

다만 그게 무엇인지는 아무도 몰랐다.

처음엔 그게 마족들과의 계약인가 싶었지만, 전쟁이 진행될수록 그것이 아님을 알 수 있었다.

그리고 마침내 황제가 직접 준비한 '무언가'를 꺼내 보이기로 마음먹은 듯싶자 모두들 흥분하기 시작했다.

�֎✖

"로만의 움직임이 심상치 않습니다."

타리온이 다급하게 카리엘에게 보고했지만 정작 보고를

듣는 당사자는 그럴 줄 알았다는 듯한 표정이었다.

"드디어 숨겨 놓은 패를 꺼내나?"

그렇게 중얼거린 카리엘이 피식 웃었다.

"저들의 움직임이 어떻게 변했지?"

"거인의 요새를 제외한 다른 곳들이 재빠르게 로만의 수도 인근으로 후퇴했습니다."

"동쪽과 남쪽의 요새는 그대로지?"

"예."

로만의 주력군 대부분을 중심부로 후퇴시켰다.

동쪽과 남쪽의 요새가 남았다지만 그곳 역시 애초에 수도로 들어가는 관문이나 다름없기에 사실상 중앙 지역을 제외한 다른 지역을 포기하겠다고 선언한 것이나 다름없었다.

지휘관 입장에선 정말 말도 안 되는 결정을 한 것이다.

"산드리아 쪽은?"

"안 그래도 보고드리려 했습니다."

그렇게 말한 시종장이 한 장의 보고서를 올렸다.

"몇몇 부족의 움직임이 심상치 않습니다."

"세력이 약한 부족들이네?"

"그렇습니다."

시종장의 말에 카리엘의 눈이 빛났다.

"수상하네."

매우 수상했다.

로만과 산드리아 제국의 연관성?

그것이 무엇일까 고민을 해 보았다.

현 로만의 황제의 외가는 로만의 귀족이었다.

그럼 로만의 황가가 산드리아와 연관이 있나?

그것도 아니었다.

"로만의 황가 역시 우리처럼 뭔가가 내려오는 게 있다고 봐야겠지? 그게 지옥과 관련되었다는 것이고."

카리엘의 물음에 타리온과 시종장이 고개를 끄덕였다.

"산드리아와 로만의 연관성이라……. 대체 뭘까?"

"조사해 보겠습니다."

"그래."

조사해 보겠다는 말과 함께 밖으로 나간 타리온.

그러자 이번엔 시종장에게 명령을 내렸다.

"산드리아 쪽을 좀 더 주시하라고 해. 아무래도 로만의 황제와 그 부족들이 지옥과 연관이 있을 가능성이 있어 보이니까."

"예."

시종장에게 명령을 내린 카리엘이 미소를 지었다.

단순한 동맹이라면 산드리아 제국의 강력한 부족들과 접선했을 것이다.

하지만 변방의 약한 부족들과 접선을 했다.

"일부러 나에게 보여 준 느낌이란 말이지?"

분명 로만도 이그니트가 산드리아에 감시망을 촘촘히 만들고 있다는 것을 알고 있었다.

그럼에도 불구하고 위험을 감수하고 이렇게 움직인 것은 일부러 그것을 드러낸 것이나 다름없었다.

"대체 뭘까?"

로만의 황제가 무엇을 의도하는지 알 수가 없었다.

분명 자신이 보지 못하는 뭔가를 보고 있었고, 그것을 위해서 자신을 끌어들이려는 느낌이 강했다.

아직까진 로만의 황제가 그리는 큰 그림을 파악하진 못했다.

그래도 한 가지는 정확하게 파악할 수는 있었다.

"이그니트를 이용하고자 하는 건가?"

그렇게 중얼거린 카리엘이 고심에 빠져들었다.

로만의 황제가 지옥과 연관이 있다면?

그것도 산드리아의 고대 부족들과 연줄이 있다면 지금의 상황이 조금은 설명될 수 있었다.

시종장에 의해 산드리아를 계속 파 본 결과 그들은 마족들을 그다지 좋아하지 않았다.

그 사실은 지옥과 연관성이 있는 게 거의 확실한 산드리아가 아직도 마족과 손잡지 않을 것만 봐도 알 수 있었다.

오히려 산드리아의 다양한 부족들이 모시는 신들께 타락한 기운이 물들까 봐 꺼리기까지 했다.

그런 그들과 로만의 황제과 연관성이 있다?

"어떤 그림을 그리는지는 모르겠지만 나를 끌어들이고자 하는 건 확실하군."

자신이 지옥문을 지키는 가름을 찾듯이 로만의 황제나 산드리아 역시 무언가를 찾거나 준비하고 있을 가능성이 있었다.

'수르트의 말대로라면 내가 지옥문을 찾을 수 있는 열쇠 같은 건가? 그렇다면 로만의 황제는 나를 이용해서…….'

거기까지 생각한 카리엘이 심각한 표정을 지었지만 고개를 저었다.

그렇다면 전생에 끔찍한 존재들이 대륙에 튀어나온 게 설명되지 않았다.

"말이 안 돼."

그렇게 중얼거린 카리엘이 한숨을 쉬었다.

아직 결론이 난 건 없었지만 이번 일로 확실하게 알 수 있는 게 생겼다.

1. 로만 황제는 자신처럼 비밀을 간직하고 있다. 그것이 지옥과 관련되었을 확률이 높다.

2. 로만이 그리는 대계에 자신이 필요하다.

3. 로만의 수도는 위험하다.

그의 대계가 무엇인지 알 수 없었지만 한 가지 확실한 건 로만의 수도에는 거대한 함정이 숨어 있을 가능성이 높다는 것이다.

어떤 함정인지 알 수 없지만, 굳이 당해 줄 이유가 없었다.

"로만의 수도로 진격하는 날은 전 국토를 집어삼킨 이후가 되어야겠지."

이그니트의 주력군이 거인의 길에 묶여 있다 해서 할 수 있는 게 없는 건 아니었다.

현재 로만에게 아픈 곳은 북쪽 지역이었다.

본래 상대에게 가장 큰 피해를 주는 방법은 아픈 곳을 반복해서 공격하는 것이다.

그걸 위해서 카리엘은 남은 병력을 계속해서 북쪽에 투입할 생각이었다.

얼마 뒤, 타리온이 다급하게 북쪽에서 보낸 서신을 가져왔다.

"폐하! 북쪽에서 온 서신입니다."

"골란이 북쪽 평원을 거의 평정했군."

"예."

"그럼 우리도 답례를 해야지."

그렇게 말한 카리엘이 빙그레 웃었다.

이미 카리엘의 명령으로 이그니트 제국은 교국까지 확대

된 철도를 더욱 늘려서 북동부 끝자락까지 연결시키는 작업을 명령했다.

동시에 옛 성국의 영토 끝부분에 비공선들이 내릴 수 있는 비행장을 만들라 지시했다.

이제 그것을 사용할 때가 된 것이다.

매번 막대한 물자를 남쪽의 해역을 빙 돌아서 제공하는 것이 힘들었었다.

그렇다고 거인의 산맥을 넘기도 어려웠다.

그래서 생각한 것이 혹한의 협곡 중간 지점에서 북쪽으로 가는 길을 트는 것이다.

어려운 작업이었지만 그나마 거인의 산맥 중 낮은 지형이었기에 작업이 가능했고, 이제 그것이 실현될 수 있게 된 것이다.

"대신들 불러."

"예!"

카리엘의 명령에 모든 대신들이 대전에 소집되었다.

"드디어 우리가 세운 비밀 작전을 실행할 때가 되었다."

카리엘의 말에 모든 대신들이 흥분한 표정으로 고개를 끄덕였다.

인류연맹 초기에 만들어 두었던 계획에서 유목 민족들이 통합된 이후의 계획 역시 세워 두었다.

마족들을 상대하는 유목 민족들을 지원하기 위한 방안.

그것에는 거인의 산맥을 넘어서 다량의 물자들을 수송하는 방안 등이 있었다.

그리고 오늘 드디어 그 작전을 본격적으로 공개할 생각이었다.

"현재의 로만은 혹한의 협곡 지대를 견제할 능력이 없다. 마족들 역시 마찬가지."

그렇게 말한 카리엘이 대전 한쪽 구석에 세워진 지도를 바라보았다.

"유목 민족들이 마족들을 견제해 준다면 우리가 혹한의 협곡을 완전히 집어삼키는 게 가능할 터. 그렇다면 이곳을 기점으로 아래까지 내려온 유목 민족들에게 직접 물자를 건네줄 수 있게 된다."

그렇게 말한 카리엘이 빙그레 웃었다.

"동시에 우리 군 역시 넘어가 거점을 만들 수 있겠지."

마족들이 유목 민족에게 정신이 팔린 사이 이그니트의 군대가 협곡을 넘어 요새를 건설할 것이다.

양쪽의 요새를 통해 협곡의 길을 보다 안정화하면서 마계 게이트를 노리기 위한 준비를 할 수 있었다.

현재 로만이나 마족들이나 가장 중요하게 생각하는 것이 마계 게이트의 확장이다.

마왕이 넘어오게끔 하는 것.

그것이 핵심인데, 그것이 위협받는 상황이 오면 어떻게 될까?

"군부대신. 이후의 상황은 어떻게 진행되지?"

"일단 로만과 마족 진영에 혼란이 야기될 것으로 보입니다."

"그럼 거인의 요새를 점령할 가능성이 높아지겠나?"

카리엘의 물음에 잠시 고민하던 군부대신이 고개를 숙이며 답했다.

"흑마법사들의 전력 일부가 북쪽으로 빠진다 가정하면 거인의 요새는 함락될 것이옵니다."

"좋군. 그다음은?"

"로만의 전력이 요새를 버리고 수도에 집결된다면 그때부터는 아군 역시 적극적으로 동대륙에 간섭할 수 있게 될 것이옵니다."

그렇게 말한 군부대신이 거인의 요새와 혹한의 협곡을 점령한 이그니트군이 로만의 서쪽 지역에 대규모 보급망을 건설하면서 압박하는 장면을 설명했다.

동시에 동대륙 국가들의 연합군까지 로만으로 몰려든다면 로만은 중심부를 제외한 모든 국토를 잃어버릴 것이다.

"문제는 이 이후입니다."

이그니트가 로만의 영토에 진입한 것은 좋은 일이다.

하지만 대부분의 정예 병력이 생존한 상황이라면 아무래도 이그니트가 불리할 수밖에 없었다.

보급망이 길어지기 때문이다.

게다가 마족들이 무엇을 숨기고 있는지도 알 수 없는 상황.

"섣부르게 움직였다가는 낭패를 볼 수도 있다는 뜻인가?"

"……그렇습니다."

언제나 보수적으로 전략을 바라보는 군부대신답게 앞으로 상황 역시 최악의 상황을 염두에 두고 있는 것 같았다.

다른 대신들 역시 마찬가지였다.

아군에 어떤 피해가 올지를 최우선적으로 생각하다 보니 쉽사리 의견을 내지 못했다.

이럴 때는 황제인 자신이 길을 만들어 주어야 했다.

"마족과 로만, 둘 중 하나를 택한다면?"

카리엘의 물음에 군부대신을 비롯한 다른 대신들이 서로 의견을 내었다.

일단 병력 입장에서는 그나마 가까운 로만의 수도를 치는 게 편하다.

타국의 병력과 합세할 수도 있기 때문이다.

보급망 비용도 아낄 수 있으니 재무대신이나 내무대신 입장에서도 이게 편할 것이다.

하지만 군부대신 입장에선 마족들을 먼저 치고 싶어 했다.

"마계 게이트가 더 확장되기 전에 마무리 짓는 게 깔끔할 것입니다."

마왕이 나오기 전에 마계 게이트를 처리하는 것.

몇몇 대신들과 관료들은 이러한 군부대신의 의견에 찬성했고, 몇몇 대신들은 깔끔하게 로만을 밀어 버리고 다국적 군으로 한 방에 북상하는 게 편할 것 같다는 의견에 찬성했다.

양측이 첨예하게 대립하는 상황에서 모두가 카리엘을 바라보았다.

"마계 게이트부터 처리하지."

군부대신에게 손을 들어 준 카리엘의 결정에 재무대신의 표정이 안 좋아졌다.

로만의 북쪽까지 보급망을 연결하려면 엄청난 자금이 소모될 것이기 때문이다.

"작게 봐선 로만의 수도를 점령하는 게 옳겠으나 마왕을 막을 수 있다면 이게 더 남는 장사다. 그리고……."

카리엘이 말끝을 흐리면서 대신들을 바라보았다.

"마계 게이트를 공략할 때는 짐도 친정을 하고자 한다."

카리엘의 말에 대신들의 눈이 휘둥그레졌다.

그가 이런 결정을 내린 이유는 마족 놈들이 있는 지형에 지옥문이 없다는 것을 확실히 확인해 두고 싶어서였다.

수르트의 도움으로 지옥문이 로만의 영역에 없다는 것만 확인된다면 한결 일이 수월해졌다.

'그때는 산드리아를 완전히 적으로 규정해도 되겠지.'

그렇게 생각할 때였다.

"폐하! 아니 되옵니다!"

"절대 아니 되옵니다! 폐하의 옥체에 무슨 일이라도 생긴다면 제국은 그 즉시 혼란에 빠질 것이옵니다!"

"폐하! 전장에 나간 장수들을 믿어 주시옵소서! 그들이 잘해낼 것이옵니다!"

말이 나오기가 무섭게 반대하는 대신들.

평소 카리엘의 명령을 잘 받아 주는 시종장조차 무릎 꿇고 반대했다.

타리온은 말할 것도 없이 결사반대였다.

"동대륙에는 짐의 안전이 확보된 이후에 움직일 것이다."

"어떤 위험이 도사리고 있을지 알 수가 없사옵니다."

타리온이 대표로 말하자 모두들 무릎 꿇고 외쳤다.

"통촉하여 주시옵소서!"

절대 안 된다고 반대하는 신하들을 보면서 카리엘이 작게 한숨을 쉬었다.

자신의 안전을 위해 반대하는데 뭐라 할 수도 없었기에 한숨만 푹푹 쉬면서 고민에 빠졌다.

한참을 침묵하던 카리엘이 입을 열었다.

"짐이 직접 가서 확인해야 할 것이 있다. 짐이 아니면 확인하기가 어렵다."

"……지옥과 관련된 것이옵니까?"

타리온의 물음에 카리엘이 작게 고개를 끄덕였다.

"그래도 너무 위험하옵니다."

다시 한번 반대하는 타리온의 모습에 카리엘이 대신들에게로 시선을 돌렸다.

그들 역시 고개를 숙이면서 결사반대를 하자 결국 한 발자국 물러날 수밖에 없었다.

"짐의 친정은 좀 더 고민해 보지."

그렇게 말한 카리엘은 그날의 대전 회의를 파했다.

하지만 계획된 바는 차근차근 진행되었다.

어느새 거인의 산맥 인근까지 밀고 들어온 유목 민족들.

그런 그들을 견제하기 위해 대부분의 마족들과 흑마법사들이 움직이자 마침내 이그니트가 혹한의 협곡을 점령하기 위해 움직였다.

그러는 동안 연합군 역시 가만히 있지 않았다.

마룡들 일부와 마인들이 북쪽으로 빠져나가자 그 틈을 노려 대대적인 공세를 시작했기 때문이다.

※

"로만 입장에선 굉장히 아프겠군."

아직은 큰 변동이 없는 거인의 요새를 보면서 남부 사령관 로칸이 중얼거렸다.

가장 아픈 곳을 푹푹 찌르는 이그니트 때문에 로만의 견고했던 방어선이 흔들리기 시작했다.

아무리 에쉬타르라도 지금의 상황은 뼈아플 수밖에 없었다.

"흑마법사들이 빠져나가기 시작했습니다."

마도구로 감시하던 장교가 황급히 보고하자, 로칸은 작게 고개를 끄덕였다.

"우리도 움직일 준비를 하자."

로만이 흔들리기 시작했으니 더 지체할 필요가 없었다.

저들이 다시금 안정되기 전에 단숨에 요새를 무너뜨려야 했다.

그렇게 이그니트의 대군마저 다시금 움직이기 시작하자 로만의 진형이 당황했다.

"당황하지 마라! 침착하게 적들의 공격에 대비하라!"

사방에서 공격이 들어오는 최악의 상황.

그런 상황에서도 베테랑 지휘관들이 최선을 다해 로만을 지키려 했다.

하지만 상황이 너무 좋지 않았다.

그들의 견고한 방어선에 가장 먼저 균열이 일어난 건 남쪽의 요새였다.

윙사르의 국왕이자 마스터인 브라이튼이 기어코 성문을 박살 내면서 안으로 진입했기 때문이다.

"뚫렸다! 모두 안으로 진입하라!"

남부 연합군이 기세를 끌어 올리며 안으로 진입할 때였다.

"저게…… 뭐지?"

윙사르 국왕의 물음에 모두들 성안에 만들어지는 붉은 회오리를 바라보았다.

그리고 그날, 급보를 통해 이그니트 수도에 한 가지 소식이 날아들었다.

-남부 연합군 패퇴.

❈

남부 연합군이 패퇴했다는 소식을 본 카리엘의 표정이 굳어졌다.

"알 수 없는 존재들?"

카리엘이 의아한 표정을 지으며 타리온을 바라보자 그가 또 다른 보고서를 올렸다.

"거대한 몸체에 수십 개의 입이 달린 괴물이라……."

타리온이 올린 보고서의 내용을 본 카리엘이 심각한 표정을 지었다.

보고서에는 상세하세 내용에 묘사되어 있었고, 그림 한 장이 그려져 있었다. 화가의 그림처럼 상세하지는 않지만 어떻게 생겨 먹은 것인지는 알 수 있을 정도로는 묘사가 되어 있었다.

'미리엘을 고생시켰던 그놈들과 비슷하군.'

전생에 수없이 몰려왔던 지옥의 군대.

그들 중 하나와 생김새가 비슷했다.

"시종장."

"예."

"이들에 대해 조사해 봐."

"사서에게 말해 놓겠습니다."

시종장의 말에 짧게 고개를 끄덕인 카리엘은 한숨을 쉬었다.

"로만은 이걸 노리고 있었던 건가?"

"그런 것 같습니다."

카리엘의 말에 타리온도 고개를 끄덕이며 한숨을 쉬었다.

"이런 무기라면 우리들에게 사용하는 게 더 효과적이지 않나?"

로만 입장에서 가장 무서운 적은 이그니트다.

그런 적에게 막대한 피해를 입힐 수단을 이렇게 드러낸다?

"두 가지군. 우리의 의도를 안 이상 그 무기를 다른 쪽에 집중하려는 것이거나, 숨겨 놓은 힘이 아니더라도 우리를 견제할 자신이 있는 것이거나."

카리엘의 말에 잠시 고민하던 타리온이 대답했다.

"두 가지 전부 고려한 것으로 보입니다."

"두 가지 다?"

"예."

카리엘의 물음에 고개를 끄덕이면서 대답한 타리온은 잠시 생각을 정리하더니 입을 열었다.

"분명 지금 드러낸 것보다 더 강력한 무기를 쥐고 있을 확률이 높습니다. 하지만 이그니트가 자신들을 치러 오지 않는 것이 확인된 이상 그 무기를 이쪽에 사용하기는 어려워졌습니다."

이그니트가 로만의 함정을 감수하고 무리해서 공격하러 오지는 않을 게 확실한 이상, 이 전력을 좀 더 효과적으로 써먹어야 했다.

그렇다면 마스터들이 득시글거리는 이그니트보단 동대륙의 연합군에 훨씬 잘 먹힐 게 뻔하니, 로만은 그쪽에 자신들의 숨겨 놓은 무기를 사용할 생각인 것이다.

"우리 대신 연합군에 숨겨 놓은 힘을 사용하겠다?"

"예."

타리온의 답에 카리엘이 말도 안 된다는 표정으로 말했다.

"그렇다고 우리를 가만히 내버려 둔다? 말도 안 되는 소리야. 로만 입장에서 이그니트의 전력을 갉아먹을 절호의 기회야."

길어진 보급로, 심지어 보급선이 안정화되지도 못한 상황.

적국 입장에서 이 절호의 기회를 그냥 넘기는 건 호구로밖에 보이지 않는 선택이었다.

당연하게도 불안정한 보급선을 귀찮게 물고 늘어져야 했다.

이그니트가 로만의 아픈 곳을 헤집어 놓았으니 반대로 이번엔 로만이 이그니트의 약점을 물고 늘어질 차례였다.

"이것 역시 놓치지 않을 겁니다."

"뭐로 우릴 견제할 생각이지?"

"검은 달입니다."

카리엘의 물음에 타리온이 단호한 표정으로 답했다.

"숫자가 부족해. 분명 그들은 정예지만 극소수의 정예들로 군대를 막을 수는 없어."

그렇게 말한 카리엘은 입술을 깨물었다.

'로만에는 이그니트의 그림자들보다 정예 조직이 있다.'

매일같이 제국의 중요한 보고를 전부 받는 카리엘이기에 알 수 있었다.

로만의 '검은 달'은 제국의 '그림자'보다 한 수 위였다.

이건 부정할 수 없는 사실이다.

하지만 그들만으로 이그니트의 군대를 막을 수는 없었다. 동대륙의 연합군과는 비교도 안 되는 훈련량을 자랑하는 정예군이기 때문이다.

"시기상 검은 달로 추정되는 인물들이 산드리아에 다녀간 이후 지옥의 존재들이 나타났습니다."

"넌 검은 달이 지옥의 존재들을 컨트롤할 수 있다고 생각하는 거야?"

"예."

타리온의 말에 카리엘의 표정이 심각해졌다.

"말이 안 돼. 그럼 산드리아에서 넘어온 자들이 설명이 안 돼."

"폐하, 검은 달의 인원 중에 그 부족 출신이 있는 걸 감안하셔야 합니다."

타리온의 설명에 카리엘이 눈을 동그랗게 떴다가 심각한 표정으로 고개를 끄덕였다.

로만의 현 황제가 산드리아 부족들과 연관이 있다면 그의 직속 단체들 역시 그럴 수 있다는 가정을 해야 했다.

"확실히…… 그럴 수도 있겠네."

실로 오랜만에 받아 보는 지적.

타리온이 이걸 알 수 있었던 것은 그림자들 역시 그렇게 운용되었기 때문이다.

그림자들의 가족 중에는 유난히 힘이 세거나 은신에 특화된 이들이 있다. 이들의 자손 역시 그럴 가능성이 높았고, 그렇기에 이들의 가족은 대를 이어 그림자가 되기도 했다.

그러한 관점에서 볼 때 검은 달 역시 그럴 가능성이 있었고, 거기에다 산드리아의 부족들과 연관이 있다면 그 부족의 출신을 검은 달에 지속적으로 영입했을 가능성이 있었다.

"만약 그게 사실이라면…… 그림자들을 전부 동원해서 보급선을 지켜야겠네?"

"……예."

현재 동대륙 곳곳에 퍼져 있는 그림자들을 전부 불러들여야 할지도 몰랐다.

그렇다는 건 사실상 연합군과 로만의 정보 대부분을 포기하고 보급선을 지키는 데 집중해야 한다는 뜻이다.

"만약 검은 달이 지옥의 존재들을 다룬다고 가정하면…… 현재 그림자와 검은 달의 전력 차가 정확히 어느 정도지?"

"알 수 없습니다."

"남부에 나타난 괴물들을 다룬다고 가정하면?"

"40% 미만으로 보고 있습니다."

타리온의 보고에 카리엘이 작게 한숨을 쉬었다.

"반도 안 된다?"

"송구합니다."

"그럼 비밀 수호대까지 가담한다면?"

"그래도 70%에는 못 미칠 겁니다."

"차이가 크네."

타리온의 솔직한 대답에 카리엘의 표정이 일그러졌다.

정보부의 특수부대 대부분을 집어삼켜 더욱 강력해진 그림자들이었으나 그런 그들조차 검은 달에겐 다소 처지는 모습이었다.

그 정도로 강력한 검은 달이 지옥의 존재들까지 부릴 수 있게 된다면 재앙이나 다름없어진다.

"여기서 더 강해진다라……."

카리엘이 처음 그림자에게 받았던 보고서를 서랍에서 꺼내 읽었다.

-수십 명 이상의 5단계급 무인들로 구성되었을 가능성이 높음. 수장은 최소 6단계 이상, 어쩌면 마스터에 이르렀을 가능성도 배제할 수는 없음.

처음 그림자에게 검은 달에 대한 보고를 들었을 땐 충격적이었다.

로만에게도 그림자와 같은 조직들이 있다는 걸 알고 있었는데 이렇게까지 차이 날 줄은 몰랐기 때문이다.

하지만 지금 당장은 뾰족한 방법이 없었다.

그래서 장기적으로나마 검은 달에게 대적할 수 있도록 계획을 세웠다.

정보부의 모든 특수부대를 그림자 하나로 통합해 버리고 정보부 요원 중 가장 쓸 만한 요원들을 특급 요원으로 만들어 넘버링을 부여하는 것이었다.

최소 '검은 달'과 싸울 수 있는 조건을 충족한 이들만 받을 수 있는 넘버링.

아직은 그 숫자가 극히 적었지만 언젠가는 검은 달에 비견될 조직으로 성장하리라 믿어 의심치 않았다.

그런데 지옥의 존재들까지 다룰 수 있다면 이 정도로는 턱없이 부족했다.

'비밀 수호대나 그림자들로는 한계가 있어.'

그렇게 생각한 카리엘이 여러 가지 방법을 떠올렸다.

1. 친위대를 확장시킨다.
2. 악마 사냥꾼처럼 특화된 부대를 더 만든다.

당장 떠올린 것 중 쓸 만한 건 이 두 가지.

하지만 지금은 이게 중요한 게 아니었다.

'일단 이건 뒤로 미뤄 두고.'

잡념을 떨쳐 내고 타리온을 바라보았다.

"로만이 지옥의 존재를 이런 식으로 드러낸 건 나에게 선택을 강요하는 거겠지?"

"……그런 것 같습니다."

로만의 황제는 카리엘에게 선택을 종용하고 있었다.

연합군을 지킬 것이냐, 마족군을 박살 낼 것이냐.

"굴욕적이네."

카리엘이 씁쓸한 표정을 지으면서 주먹을 꽉 쥐었다.

그러자 타리온이 죄스러운 표정으로 고개를 숙였다.

"어떤 걸 선택해도 손해는 생긴다라······."

카리엘의 말에 타리온 역시 미간을 찌푸렸다.

연합군을 지키자니 마족들에게 시간을 더 주는 셈이 되고, 그렇다고 마족들에게 집중하자니 연합군이 속수무책으로 밀릴 가능성이 높았다.

"연맹국들에 서신을 보내라. 우린 마족을 친다."

카리엘의 결정에 타리온이 고개를 숙였다.

로만이 숨긴 전력 역시 두려운 것이 사실이나 마왕보다는 아니었다.

전생에 겪어 본 마왕의 강함은 막강했다.

그랜드 마스터인 글렌조차 감당하기 힘들 정도로 강력한 존재.

제국 역사를 통틀어서 손에 꼽을 정도의 재능을 가진 글렌이 아니었다면 마왕을 막는 건 불가능했다.

'글렌이 그랜드 마스터에 오르지 않는 한 마왕을 막는 것이 최우선적으로 이뤄져야 한다.'

그렇게 생각한 카리엘은 기존의 작전을 밀어붙였다.

"활동 중인 모든 그림자들을 불러들여."

"국내외 전부 말입니까?"

"그래."

카리엘은 결단을 내렸다.

상대의 특수부대가 강하다면 자신들은 물량으로 승부를

봐야 했다.

자존심이 상하지만 상대의 강함을 인정하고 그에 맞는 전략을 짜야만 했다.

"비밀 수호대도 불러들입니까?"

"아니. 지금부터 모든 비밀 수호대는 산드리아에 집중해."

타리온의 물음에 카리엘은 반대로 생각했다.

로만과 산드리아 사이에 연관성이 있는 게 확실해도 지옥의 존재까지 모습을 드러낸 이상 무조건 산드리아를 견제해야 했다.

"연합국 측에 대한 정보망은……."

"외무부에 전부 일임해. 지금부터 그림자는 보급망을 지키는 것에 전력을 다한다. 비밀 수호대 역시 산드리아에만 집중시킬 거야."

단호한 카리엘의 말에 타리온이 조심스레 말했다.

"하오나 그렇게 되면 유목 민족에 대한 지원은……."

타리온의 물음에 카리엘이 책상 한쪽에 쌓여 있는 주요 보고서들 중 하나를 꺼내 들었다.

북부 혹한의 협곡에 만들어진 혹한의 길.

악마 사냥꾼들의 희생과 북부군의 도움으로 만들어진 그 길이 5할 이상 완성되었다는 보고서였다.

"골란에 대한 지원 역시 북부군에 이관해."

"알겠습니다."

"마지막으로 그림자 몇 명을 빼서 확인해야 할 게 있어."

카리엘의 말에 타리온이 고개를 갸웃거렸다.

"남부로 보내서 이걸 확인해."

카리엘은 노트를 쭉 찢어서 타리온에게 전했다.

－신성력이 지옥의 존재들에게도 상성인지 확인할 것. 특히 불의
신전의 신관을 반드시 데려가 확인하도록.

"최대한 빨리 결과물을 가져오겠습니다."

카리엘의 명령에 타리온은 고개를 숙이고 밖으로 나갔다.

만약 지옥의 존재들도 신성력과 상성이 있다면 북부에서
활약하는 악마 사냥꾼들까지 끌어와 보급선을 지키는 데 투
입할 생각이었다.

카리엘이 이렇게 생각한 데는 이유가 있었다.

'다른 신은 몰라도 이 불과 관련된 건 확실히 지옥의 존재
와 무슨 연관이 있을 거야.'

이런 카리엘의 생각을 읽었는지 수르트가 나타났다.

－네 생각대로 지옥의 존재들과 네가 상성일지도 모르겠어.

"……그럴까?"

－초대 황제란 놈들이 지옥 놈들을 봉인할 수 있었던 이유가
그거 같거든.

수르트가 과거의 지옥을 떠올려 보면서 말했다.

죽음의 군단.

그들은 무스펠의 주인이었던 수르트조차 꺼림칙하게 생각할 정도로 막강한 힘을 갖고 있었다.

신화시대가 멸망한 이후 지옥이 어떻게 변했는지 알 수 없지만 크게 변하지 않았다면 초대 황제의 힘만으로 지옥의 군대를 막는 건 불가능에 가까웠다.

이그니트의 초대 황제가 그랜드 마스터에 이른 영웅이라 하더라도 기록된 것처럼 압도적인 힘을 발휘하는 것은 불가능했다.

그렇다는 건 카리엘이 품고 있는 불이 지옥과 상성일 가능성도 있다는 뜻이었다.

"만약 이 불이 상성이라면……."

─네 생각대로 너를 성자로 모시는 신관 나부랭이들의 힘도 상성을 띤다는 뜻이지.

수르트의 말에 카리엘의 입가에 작게 미소가 지어졌다.

"그렇게만 된다면 좋겠네."

불의 축복을 받은 악마 사냥꾼들과 그림자들이 힘을 합친다면 검은 달을 상대하는 것도 충분히 가능할 터.

그렇게만 된다면 로만의 황제에게 한 방 먹여 줄 수 있게 된다.

"어디 한번 찔러 봐. 되받아쳐 줄 테니까."

그렇게 중얼거린 카리엘이 눈을 빛냈다.

로만이 이그니트의 아픈 곳을 찌르기 위해 움직이고 있었고, 카리엘은 이것을 되받아칠 계획을 세웠다.

누가 이길지는 알 수 없으나 이 승부의 향방이 앞으로의 싸움에서 굉장히 중요하게 작용할 것임은 확실했다.

보급선을 지켜라!

카리엘이 명한 대로 로만을 제외한 동대륙의 국가들에 서신이 전해졌다.

-이그니트는 마족들을 멸하는 데 집중하겠다.

이 의미는 로만을 막는 건 연맹국들이 알아서 하라는 뜻이었다.

당연하게도 연맹국들은 이그니트를 욕할 수밖에 없었다.

처음엔 이러한 결정을 욕하던 연맹국들도 뒤이어 전해진 서신에 입을 다물 수밖에 없었다.

-마왕 소환이 임박한 것 같음. 마왕의 최소 무력은 그랜드 마스터 급 이상으로 추정.

전설 속의 그랜드 마스터.

그런 존재가 소환된다?

그 순간 이 전쟁은 희망이 없는 것이나 다름없었다.

그렇기에 연맹국들은 앓는 소리를 하면서도 이그니트에게 뭐라 할 수가 없었다.

그들이 마족들을 이 땅에서 몰아내고자 하는 진심을 봤으니까.

-마침내 무너진 거인의 요새. 이그니트의 다음 목적지는 로만의 수도가 아닌 마계의 게이트.

-이그니트 전력이 70%가 동대륙을 넘어갔다.

-이그니트의 군부대신 : 국토방위를 위한 최소한의 병력을 남겨 두고 전부 로만의 북부 지역으로 파견할 생각.

사실상 이그니트가 운용할 수 있는 대부분의 병력을 마족들을 쓸어 버리는 데 집중시켰다.

그러자 최대한 제국의 진격을 낮추려던 흑마법사들과 마인들 역시 전원 북쪽으로 떠났다.

그곳에서 최후의 항전을 준비하려는 것이었다.

"상황은?"

"큰 문제는 없습니다."

타리온의 보고에 카리엘이 작게 고개를 끄덕였다.

"이제 남은 건 보급선인가?"

그렇게 중얼거린 카리엘에게 타리온이 보고서를 내밀었다.

"남부에서 확인한 결과입니다."

타리온에게서 보고서를 건네받은 카리엘은 곧바로 그 내용을 살폈다.

-신성력이 효과가 있는 것으로 확인되었음. 다만 불의 사제들을 제외한 나머지 사제들의 신성력은 효과가 작음.

보고서를 본 카리엘의 입가에 미소가 지어졌다.

"효과가 있군."

"예."

자신이 예상했던 것처럼 지옥의 존재들에게도 신성력이 효과가 있음을 확인했으니 결과물이 나오기만을 기다리고 있던 계획들을 하나둘 실행할 때가 되었다.

"예정대로 악마 사냥꾼들을 보급선에 투입해."

"예."

"북부에 투입된 불의 사제들은 전부 보급선으로 모으라고 해. 마족들을 상대하는 건 다른 사제들에게 일임한다."

"알겠습니다."

예정되었던 계획들이 하나둘 진행되었다.

보급선을 지키기 위해 그림자들 대부분이 투입되고, 그것만으로도 모자라 악마 사냥꾼들과 불의 사제들까지 대거 투입했다.

하지만 카리엘은 이것으로 끝낼 생각이 없었다.

"수도 방위군의 기사단 일부도 빼서 투입해."

"폐하."

자신들을 믿지 못하는 카리엘을 보면서 타리온이 단호한 표정으로 말했다.

"악마 사냥꾼과 불의 사제들만으로도 막을 수 있습니다."

"알아. 그래도 피해는 최소화해야지."

카리엘의 말에 타리온이 입술을 깨물었다.

검은 달의 강함을 알고 있는 카리엘은 만약의 사태에 대비하기 위해 기본 보급선의 병력에 중앙군까지 투입했다.

그런데 수도 방위군의 기사단 일부도 파견한단다.

그렇다는 건 검은 달의 습격을 막기 위해 그림자와 악마 사냥꾼, 불의 사제, 그리고 중앙군과 수도 방위 기사단이 힘을 합친다는 것을 의미했다.

"그림자들을 못 믿는 게 아니야."

"……알고 있습니다."

카리엘이 그림자들을 얼마나 아끼는지는 타리온을 비롯한 모든 그림자들이 잘 알고 있었다.

항상 뒤에서 고생하는 그림자들이 정당한 대가를 받게 하기 위해 정보부에 통합시켰다. 비록 요원 개개인의 신상을 밝히지는 못하지만 서면으로나마 그들을 기록하고 온당한 대우를 해 주려는 것이었다.

그뿐만이 아니라 무기부터 복지까지 모든 특수부대를 통틀어 최상으로 지원받았다.

그렇기에 카리엘에 대한 그림자들의 충성심은 대단했다.

그런 존재가 자신들을 살리고자 무리를 하고 있다.

그림자들의 자존심을 무너뜨리는 현실에 모든 그림자들이 이를 악물었다. 그리고 그들 중에는 그림자 출신인 타리온 역시 포함되어 있었다.

"폐하."

"응?"

"소신도 보내 주십시오."

자신을 바라보는 타리온의 눈빛.

그곳에 깃든 단호함을 보자 카리엘은 허락해 줄 수밖에 없음을 깨달았다.

"……그래. 가서 그림자들의 강함을 보여 주고 와."

"명을 받듭니다."

체면을 구긴 그림자들의 자존심을 회복하기 위해 타리온

이 직접 움직였다.

그것만으로도 그림자들의 사기는 최고조에 이르렀다.

반드시 로만의 검은 달을 이기고 최강의 특수부대가 되겠다는 다짐을 했다.

※

그렇게 타리온을 마지막으로 모든 그림자들이 동부로 떠나자 이그니트의 군대 역시 거인의 요새를 거점 삼아 북진하기 시작했다.

주력군이 서서히 북상을 시작하고 뒤이어 온 군대들은 거인의 요새를 중심으로 보급선을 만들며 천천히 올라갔다.

"평화롭군."

"로만도 우리를 막기엔 어렵다는 걸 알 테니까."

태양검의 말에 옆에 있던 클레타 공작이 말했다.

처음엔 굴욕감을 감추고 임했던 전쟁이다. 하지만 지금에 와서는 그런 감정은 다소 사라진 상태였다.

흑마법사와 마족들 그리고 지옥의 생명체라 불리는 존재까지 등장한 판에 과거의 일이 중요할 리가 없었다.

조국이 부활할 희망이라도 있다면 모르겠지만 이미 그건 글렀다. 이미 남부 왕국들의 국민들은 스스로를 진짜 '제국민'이 되었다며 환호하고 있는 상황이었기 때문이다.

"마스터만 일곱 명이다. 이런 군대를 상대로 저들이 바보가 아닌 이상 함부로 공격하지는 않겠지."

피레스 공작의 말에 근방에 있던 마스터들이 고개를 끄덕였다.

문제는 보급선이다.

이걸 해결하기 위해 마스터 두 명으로 이루어진 별동대를 만들려 했다.

그런데 카리엘은 오히려 주력군이 더 빠르게 북부로 돌진하라 명했다. 마스터 두 명이 빠진다면 마군단장과 흑마법사, 마인들로 이루어진 군대에 발목이 잡힐 수 있었다.

그렇기에 데이비어 공작과 시카리오 후작이 혹시라도 있을 로만의 공습을 견제하고, 나머지는 빠르게 북진했다.

글렌 역시 별동대를 만들어 흑마법사의 공격에 대비했다.

이 때문인지 이그니트의 주력군은 어떤 제지도 받지 않고 빠르게 게이트가 열리는 지점으로 올라갈 수 있었다.

- 로만의 요새 3개를 점령!
- 보름 만에 로만의 북부에 도착. 북쪽에 있던 제국 북부군과 합류.
- 마계 게이트가 있는 지점으로 이동 중. 유목 민족 연합도 이에 합류할 예정.

마침내 이그니트 군대가 로만의 북부 지역까지 올라갔다.

그러자 여태까지 숨어 있던 마족의 군대가 모습을 드러냈다. 동시에 로만 역시 이반 형제가 뒤를 치기 위해 로만의 주력군 일부를 이끌고 나타났다.

그리고 그걸 데이비어 공작과 시카리오 후작이 앞을 막아섰다.

그렇게 로만과 마족의 군대를 양쪽으로 두고 진격을 멈춘 이그니트의 주력군.

하지만 그 틈을 타 유목 민족의 부대가 마족들의 후방을 노렸다.

서로가 뒤를 내주며 움직이지 못하는 묘한 대치 상황이 일어날 때, 그 틈을 타 북부군을 갉아먹으려는 흑마법사들이 습격했다.

-제국의 신성이 흑마법사들을 물리치다!

대륙 전체에 퍼지는 글렌의 위용.

마치 흑마법사들이 움직이길 기다렸다는 듯 글렌의 별동대가 북부군에 나타나 말 그대로 쓸어 버렸다.

그러자 상황이 아주 조금이나마 이그니트로 기울어지기 시작했다.

하지만 곧바로 전쟁이 벌어지지 않았다.

마치 무언가를 기다리는 듯, 로만과 이그니트 양쪽에서 애매한 대치 상황만 이루고 있는 것이다.

　"이제 남은 건 보급선인가?"

　그렇게 중얼거린 글렌이 거인의 산맥 인근에서 남쪽을 내려다보았다.

　길게 늘어진 보급선.

　이그니트의 주력군이 움직이는 건 보급선이 안전하다는 것을 확인한 이후에 이루어질 것이다.

　'보급이 불안정한 상황에서 전쟁하는 건 필패.'

　이걸 알고 있기에 모든 지휘관들이 보급선에서의 전투 결과를 기다렸다.

　주요 거점들을 설치하고 서로 연결하는 작업을 끝낸 이후, 마침내 거인의 요새에서 막대한 양의 물자들이 북부로 이송되기 시작했다.

　"이제 시작인가?"

　수도에서 물자가 움직였다는 보고를 받은 카리엘이 한숨을 쉬었다.

　"잘 막아 내야 할 텐데……."

　카리엘이 손에 깍지를 끼고는 초조한 표정으로 창밖을 바라보았다.

　바로 그때, 시종장이 문을 열고 들어왔다.

　"……폐하, 명하신 것은 조치했습니다."

시종장의 말에 카리엘이 작게 고개를 끄덕였다.

"한동안 마도 물품 공급체 차질이 일어날 거야."

"그에 관해선 내부대신과 재무대신이 일을 처리 중입니다. 오늘 내로 보고를 올린다고 했습니다."

"그래."

시종장의 보고에 대답한 카리엘은 말없이 창밖을 바라보았다.

오늘따라 왠지 답답한 느낌이 들었다.

그 표정을 본 시종장이 고개를 숙이며 말했다.

"당분간 안전을 위해 황제의 궁 안에서만 계셔야 하옵니다."

"……알겠다."

카리엘의 대답에 시종장이 매의 눈으로 한 번 더 카리엘을 바라본 후 밖으로 나갔다.

자신의 결정으로 인해서 한동안 건물 밖으로 나가는 건 꿈도 꾸지 못하게 되었다.

그럼에도 불구하고 카리엘은 기분은 한결 나았다.

비록 황궁 내의 기사들이 절반으로 줄어들어 행동 반경도 줄어들었고, 마법사들도 대거 차출되어 마도 물품 생산에 차질을 빚었지만 불안해하며 기다리는 것보단 나았다.

"할 수 있는 건 다했다."

사실상 현재의 카리엘이 할 수 있는 거의 모든 걸 다 한 셈이다.

남은 건 결과를 기다리는 것뿐.

"마족들만 처리하면 직접 움직여야겠지."

-그래. 이제 쫄지 않아도 되긴 했어.

카리엘의 중얼거림에 수르트가 웃으면서 말했다.

신하들은 카리엘을 여전히 병약한 존재라 여기며 과보호했지만 객관적으로 보면 카리엘은 강했다.

-흑마법사의 수장인가? 그 녀석이 나타나도 널 죽이긴 쉽지 않을걸.

"그래. 이 정도 힘이라면 지옥의 존재들과 싸울 때도 유의미한 결과를 낼 수 있겠지."

카리엘의 말에 수르트가 피식 웃다가 말했다.

고집불통인 황궁 최고의 기사가 고집을 꺾고 카리엘의 명에 따른 데에는 이유가 있었다.

카리엘이 자신의 힘의 최대치를 보여 주었기 때문이다.

-그래도 알지? 아직 가름에게 인정받을 수준은 멀었다는 거.

수르트의 말에 카리엘이 작게 고개를 끄덕였다.

━━❉❉❉━━

그렇게 수도에서 만에 하나라도 일어날 수 있는 일을 방지하기 위한 전력을 비밀리에 보낼 무렵, 마침내 보급선에서 검은 복면을 쓴 자들이 나타났다.

"전부 폭발시켜라."

"예."

검은 복면을 쓴 자의 명령에 근처에 있던 모든 이들이 고개를 숙이고 일제히 임시 거점에 쌓인 물자들을 향해 달려 나갔다.

바로 그 순간, 그들을 향해 화살과 암기가 날아들었다.

카가가강!

"……그림자들인가?"

이그니트의 그림자들이 나타나자 습격을 명했던 검은 달의 수장이 검을 뽑아 들었다.

"실력으로 안 되니 물량이라……."

"꼬우면 너희들도 더 많이 몰려오든가."

그림자의 말에 검은 달의 사내가 피식 웃었다.

"안 그래도 그럴 생각이다."

그렇게 말한 순간 복면 안의 두 눈이 붉게 빛나면서 주변에 잿빛 기운이 넘실거리기 시작했다.

"먹어 치워라."

'산아귀'라 명명된 수십 개의 입이 달린 괴물들이 일제히 그림자들을 향해 달려들기 시작했다.

바로 그때, 산아귀들을 가로막은 붉은 장막.

신성한 불길이 나타난 순간, 붉은 화살들이 일제히 검은 달에게 날아들었다.

치지지지직!

"신성력? 이 화살은 악마 사냥꾼인가?"

그렇게 중얼거린 검은 달의 사내가 이를 바득 갈았다. 예상과 달리 이번 보급선 습격 작전이 쉽지 않을 것 같다는 느낌이 들었던 것이다.

불의 사제들이 만든 광역 공격에 살이 타들어 가고 있음에도 신음하기는커녕 살기를 드러내며 힘을 끌어 올리는 검은 달의 무인들.

지옥의 아귀들이 신성력에 큰 힘을 발휘하지 못하고 있었지만 상관없었다.

이들의 힘이 아니고서도 검은 달의 힘은 강했으니.

로만의 정예군 중에서 선별한 이들을 이끌고 검은 달이 본격적으로 공격했다.

그러자 그림자들도 그에 맞서기 위해 모든 힘을 끌어 올렸다.

본격적으로 시작된 로만 측의 보급선 공격.

한 곳만으로 끝낼 생각은 없는 듯, 북쪽까지 이어진 임시 거점인 이곳이 전투에 들어갔다.

"북쪽 2번 거점이 후방이 공격받고 있습니다."

"보고드립니다. 북쪽 4번 거점이 습격받았다는 소식입니다."

"북쪽 3번 거점에도 역시 로만의 병력이 나타났습니다."

그림자들의 보고에 타리온의 표정이 싸늘하게 변했다.

거인의 요새를 포함해 로만의 북부까지 이어진 보급선.

그곳에는 거인의 요새 같은 중요 거점이 세 곳이 있었다.

출발점인 거인의 요새-중간 거점 발론-종착지 웨일드

거인의 요새야 말할 것도 없이 훌륭했고, 중간 거점 발론 역시 로만의 오랜 유통의 중심지 중 하나였기에 견고했다.

웨일드 역시 북부의 중심지 중 하나였고 이그니트의 주력 군이 모여 있었다.

중요 거점들은 하나같이 훌륭했는데 문제는 그 거점들을 잇는 임시 거점들이었다.

물론 그중에 거인의 요새와 발론을 잇는 보급선은 상당히 견고한 성이 많아서 문제가 없었다. 거인의 요새가 무너질 것을 대비해서 중간중간 요새를 많이 만들어 놓았는데, 그곳 들을 거점으로 삼았기 때문이다.

하지만 발론에서 웨일드로 이어지는 보급선이 문제였다.

특히 서부 지역에서 북부 지역으로 넘어가는 지역에 가 파른 산이 즐비했고, 길도 제한적이었기에 습격하기 딱 좋 았다.

"예상대로인가?"

"예."

적들의 습격에 타리온이 굳은 표정으로 지도를 살폈다.

예상했던 것처럼 가장 습격하기 좋은 협곡에 있는 거점들을 공격해 왔다. 나름 방비를 했으나 피해를 입는 건 어쩔 수가 없었다.

"협곡 전체를 방어할 순 없다. 그러니 지금부터 모든 병력을 거점 주위로 모이라고 해."

"예."

타리온의 명령에 모든 그림자들이 고개를 숙이며 대답했다.

동대륙에서도 거칠기로 유명한 벨돈 협곡은 비공선이 움직이기 쉽지 않았다.

잘못해서 낮게 날았다간 언제 공격받을지 알 수 없었고, 일단 바람이 굉장히 거셌기 때문이다.

그렇기에 착륙할 만한 곳이 마땅치가 않았다.

그런 벨돈 협곡에서 유일하게 기착지 역할을 할 만한 곳이 바로 협곡의 중간 지점인 타리온이 서 있는 곳이었다.

그렇기에 검은 달은 반드시 이곳에 대대적인 공세를 가할 것이다.

"이제 곧 이쪽에도 공격이 시작될 거다. 모두 대비하도록."

"예!"

넘버링을 부여받은 그림자들이 고개를 숙이며 답했다.

그러자 타리온이 작게 고개를 끄덕이고는 부하들을 흩어지게 했다.

넘버링을 부여받은 그림자들이라면 검은 달과 단독으로 맞선다고 해도 죽지는 않을 것이다. 그렇기에 그들로 하여금 주변을 감시하게 했다.

"폐하의 믿음에 부합해야 될 텐데……."

그렇게 중얼거린 타리온은 입술을 깨물었다.

자신의 주군이 그 하나만을 믿고 모든 그림자들을 끌어모아 이곳으로 방어선을 지키게끔 했다.

그게 아니었다면 조금 시간이 걸리더라도 보급선을 완벽하게 구축하며 진격시켰을 것이다.

타리온과 그림자들이 보급선을 지켜 줄 것이라 믿으며 도박을 한 것이기에 기대를 저버릴 수는 없었다.

"공군이 이곳에 도착하기까지 최소 사흘. 그 시간 동안 여기서 버텨야 한다."

"다른 곳은 몰라도 이곳은……."

타리온의 말에 1번의 넘버링을 받은 남자가 말끝을 흐렸다.

벨돈 협곡의 중간 지점에 해당하는 이곳은 상당히 넓은 지형을 가지고 있었다.

그렇기에 다수의 병력이 이곳에 올 수 있었다.

제국 북서부를 지키는 특수부대들이 비공선을 타고 이곳

에 오기로 예정되어 있었기 때문에 그때까지만 버틴다면 승산은 있었다.

그 이후부터는 이곳을 비롯한 몇몇 거점들을 요새화할 것이기 때문이다.

"어렵지. 하지만 해내야 된다."

타리온의 말에 1번이 작게 고개를 끄덕였다.

마계 게이트가 있는 근방까지 올라간 주력군이 이곳의 상황만을 지켜보고 있었다.

만약 그림자들이 패배한다면 마스터 중 하나가 이 협곡을 지키러 내려와야 할 것이다. 그 역할을 부여받은 게 바로 글렌이었다.

이미 주력군은 자신들이 보급선을 지켜 줄 것이라 믿고 전투를 시작했다.

마계 게이트 공략을 위해 마족들의 방어선을 밀고 올라가고 있는 것이다. 글렌이 이끄는 별동대가 하루라도 빨리 주력군에 합류해서 싸우게 하려면 반드시 승전 소식을 알려야 했다.

"오는군."

타리온의 기감에 잡힌 존재가 빠르게 타리온을 향해 다가왔다.

이곳만큼은 격전지가 될 거라 예상했는지 검은 달의 수장이 직접 모습을 드러냈다.

만약을 대비해 1번을 자신의 곁에 두고 대신해서 지휘하게 끔 할 생각이었는데 아무래도 그 판단이 맞을 것 같았다.

"지금부터 너한테 지휘권을 넘긴다."

"……예."

1번이 고개를 숙이며 사라지자 타리온이 작게 고개를 끄덕이고는 검은 장갑을 끼며 두 개의 검을 꺼내 들었다.

바람결에 팔목에 새겨진 0번이라는 넘버링이 언뜻 비침과 동시에 그의 앞에 검은 달의 수장이 모습을 드러냈다.

"그림자의 수장인가."

"그래."

타리온의 대답에 검은 달의 수장이 말없이 흑색 검을 빼들었다.

붉은 보석이 박힌 검은 척 보기에도 심상치 않은 기운을 내뿜고 있었다.

"지옥의…… 기운?"

"눈치가 빠르군."

그렇게 말한 검은 달의 수장이 피식 웃으면서 말했다.

"내 숨겨진 힘을 경계하는가?"

"……."

타리온이 말없이 기세를 끌어 올리자 그런 그의 모습이 흥미롭다는 듯 미소를 지으며 말했다.

"과연 그대가 내 힘을 드러내게 할 수 있을지 궁금하군."

그의 말에 타리온이 미간을 찌푸렸다.

'경계선상에 선 것인가?'

글렌과 월크셔 공작이 카리엘의 도움으로 마스터의 경계선상에 들어섰을 때.

바로 그때 이런 느낌을 받은 적이 있었다.

마스터에 들어선 존재는 아니라 최악의 상황은 면했지만 상황은 좋지 않았다.

자신의 실력만으로 과연 검은 달의 수장을 얼마나 붙잡고 있을지 알 수가 없었기 때문이다.

"후…… 먼저 가지."

자신이 약하다는 것을 인정한 타리온이 먼저 움직이자 검은 달의 수장의 흑색 검이 빠르게 휘둘렸다.

마침내 양 대륙을 대표하는 특수부대인 그림자와 검은 달이 본격적으로 부딪치기 시작하면서 본격적인 보급선 방어 작전이 시작되었다.

사방에서 아귀들이 소환되었고, 그것에 대비하여 설치된 함정과 마력포가 불을 뿜으면서 굉음을 내뿜었다.

멀리서 보아도 치열한 싸움이 일어나고 있음을 단번에 알 수 있을 정도.

빛이 번쩍이고 굉음이 들려오는 전투는 계속되었다.

모두 마력을 사용할 수 있는 정예 병력을 들이다 보니 장기전이 가능했고, 상처가 나도 마무리가 되지 않는다면 포션으로 치유하고 다시 전장에 합류하는 것을 반복했다.

그렇게 밤새도록 치열한 접전이 일어졌고, 이 사실은 당연히 제국의 수도와 주력군에 급보로 들어갔다.

"피해 상황은?"

"현재로선 알 수 없다고 합니다."

카리엘의 물음에 군부대신이 곧바로 대답했다.

상황이 매우 심각했기에 자정임에도 불구하고 모든 대신들이 회의장에 모여 있었다.

"공군은 어디까지 도착했지?"

"목표 지점까진 사흘 거리입니다만 병력을 태운 이들끼리 먼저 최대 속도로 간다면 이틀까지 줄일 수 있습니다."

물자와 같이 이동 중인 부대였지만 병력만 태운 비공선만 빠르게 이동한다면 거리는 줄일 수 있다.

문제는 협곡의 위치가 높고 바람이 거세다는 점이 문제였다.

거기다 언제 어디서 공격이 날아들지 알 수 없는 상황에서 최대 속도로 가는 건 위험했다. 속도에 치중한다면 그만큼 비공선을 지켜 주는 마력 결계의 힘이 약해질 수밖에 없기 때문이다.

"일단 병력을 태운 비공선부터 빠르게 움직여야 할 것 같은데……."

"이미 그렇게 움직이고 있습니다."

"그래도 최대 속도로 움직이지는 말라고 해."

아무리 급해도 지원군의 안전까지 희생시켜 가면서 움직일 수는 없었다.

로만이라면 지원군이 올 것까지 예상했을 테고, 그렇다면 반드시 비공선을 노릴 것이기 때문이다.

"이제부터 시간 싸움인가?"

이미 할 수 있는 건 전부 다 했기에 카리엘에게 남은 건 기다림밖에 없었다.

그렇기에 지금 이 상황이 매우 답답했다.

최측근이라 할 수 있는 타리온이 직접 전선으로 향한 상황이라 더 그런 것일 수도 있었다.

항상 카리엘의 옆에서 보좌하던 타리온이 죽을 가능성이 높은 전장으로 떠났으니 마음이 착잡했다.

이런 심경을 느낀 것인지 다른 대신들도 말없이 다음 소식을 기다렸다.

그렇게 몇 시간이 흘렀을까?

"폐하! 1차 공세를 막아 냈다고 하옵니다!"

시종장이 들고 온 소식에 카리엘과 대신들의 표정이 환해졌다.

"피해는?"

"그림자를 포함한 병력 중 3할의 사상자가 났습니다. 다만 사제들이 있어 전투에 복귀할 수 있는 인원이 많을 것 같습니다."

시종장의 보고에 카리엘이 고개를 갸웃거렸다.

'생각보다 피해가 적다?'

3할의 피해는 뼈아픈 것이지만 검은 달을 막아 내는 것치고는 피해가 적었다.

게다가 그들 중 다수가 죽은 것이 아닌 단순 부상이기에 더 그랬다.

"……아무래도 노림수가 있는 것 같습니다."

군부대신도 같은 것을 느꼈는지 카리엘을 보며 조용히 말했다.

바로 그때, 시종 하나가 다급히 달려와 시종장에게 조심스럽게 귓속말로 무언가 말을 전했다.

그것을 들은 시종장이 보기 드물게 표정을 굳혔다.

"무슨 일이지?"

"폐하, 잠시 귀를……"

시종장의 말에 카리엘이 시종장에게 귀를 대 주었다.

그러자 그가 귓속말로 조용히 말했다.

"산드리아 쪽에 저희 인원 몇 명이 죽은 채 발견되었습니다."

시종장의 보고에 카리엘의 표정이 굳어졌다.

"어느 쪽이지?"

"폐하의 명으로 주시하던 근방입니다."

"숫자는"

"스무 명입니다."

비밀 수호대가 무려 스무 명이나 죽었다.

거기다가 그들을 돕는 다른 요원들까지 죽었으니 강한 전력이 빠져나갔다는 뜻일 터.

"시기는?"

"정보가 건너오는 시간까지 합해 봤을 때 최소 이틀 전일 것입니다."

시종장의 말에 카리엘이 군부대신을 손짓하여 불렀다.

그러자 조용히 다가온 그에게 시종장에게 들은 것을 간략하게 알려 주었다.

"이들이 보급선의 작전에 투입될 가능성은?"

"최소 6할 이상으로 보입니다."

군부대신이 굳은 표정으로 말하자 카리엘이 작게 한숨을 쉬었다.

"시간이…… 우리 편만은 아니군."

적들 역시 노림수가 있었다.

"이들이 이렇게 갑자기 움직인 이유가 있나?"

카리엘이 고개를 갸웃거렸다.

산드리아 쪽의 감춰진 전력이 로만을 돕고자 했다면 미리 움직였으면 될 일이다.

그런데 이렇게 급박하게 움직인 이유를 알 수 없었다.

"아무래도 만에 하나 발각될 위험을 방지하고자 하는 것일 테지요."

군부대신의 말에 시종장 역시 같은 생각이라는 듯 고개를 끄덕였다.

미리 움직여서 전력을 드러내는 대신 공격 시점에 맞춰서 도착할 수 있게끔 움직인다.

이그니트의 지원군의 도착 예정 시간과 자신들의 정보가 이그니트에 들어가는 시간까지 세밀하게 계산한 움직임이 었다.

"그렇다는 건…… 그들이 아군보다 먼저 도착할 수도 있다 는 뜻이군."

"……예."

카리엘의 말에 군부대신이 무겁게 고개를 숙이며 답했다.

"……일단 지금 움직이는 지원군과 전투 중인 부대에 이 사실을 전해."

"따로 명령을 내리시진 않는 것입니까?"

군부대신의 물음에 카리엘이 고개를 끄덕였다.

"그들이 알아서 판단하겠지. 난 내 지휘관들을 믿는다."

카리엘의 말에 군부대신이 감동한 표정을 짓다가 황급히

표정을 갈무리하고선 밖으로 나갔다.

"들었겠지만 상황이 좋지 않다. 그러니 우리는 만약의 사태도 대비해야 할 듯싶군."

보급선이 무너질 상황을 대비하자는 카리엘의 말에 대신들이 만약을 위해 준비해 왔던 보고서들을 그에게 건넸다.

만약을 가정하는 건 가슴 아픈 일이지만 위정자라면 반드시 해야만 하는 일이기도 했다.

이번 보급선 방어 작전이 실패한다면 제국은 엄청난 타격을 입게 된다.

1. 보급이 일시적으로 끊기는 것.
2. 방어에 투입된 병력이 소모되는 것.
3. 주력군이 후방을 신경 써야 된다는 것.

세 가지 전부 뼈아프지만 가장 큰 건 그림자의 전멸이다.

그림자가 전멸한다는 것은 이그니트가 정보망을 새로 짜야 할 수도 있다는 말이 될 수 있을 만큼 컸다.

그렇기에 반드시 이겨야 했다.

반대로 로만 입장에서도 이번 작전은 반드시 성공해야만 했다.

보급을 잠시라도 끊어 놓고 전쟁을 장기화해야만 시간을 벌 수 있었다.

로만 역시 조금이라도 삐끗했다간 대계를 위해 만들어 놓은 미래의 힘을 앞으로 끌어와야 할지도 모르기 때문이다.

"벌써 네 번째인가?"

검은 달의 수장이 의외라는 표정으로 타리온을 바라보았다.

6단계에 이른 무인이었지만 자신과는 차이가 있다고 생각했다.

하지만 지금까지 버틴 걸 보면 그것도 아닌 듯싶었다.

비록 두 명의 무인과 함께 자신을 상대하는 것이지만 일단 버텨 내고는 있었기 때문이다.

이틀 밤낮으로 싸운 것이 벌써 네 번째.

그동안 타리온은 검은 달의 수장을 상대로 그럭저럭 버텨 나가고 있었다.

"마스터가 되지 못한 게 이렇게 아쉬울 줄은 몰랐군."

검은 달의 수장이 피식 웃으며 말했다.

확실히 그는 마스터가 되지 못했어도 막강한 상대였다.

그가 직접 부릴 수 있는 거대한 크기의 산아귀부터 온몸에 피어나 아귀 형상을 이루었고, 검에는 마력까지 맺혀 있었다.

세 가지의 힘 하나하나만으로 막강한데 이 모든 걸 한 사람이 다루고 있었다.

물론 전혀 이상한 일은 아니었다.

드물지만 마력 숙성법과 정제법을 같이 익힌 자들이 있기 때문이다.

그저 둘 다 마스터의 경계에 설 정도로 강한 자들이 없었을 뿐이다. 대륙 역사를 둘러봐도 손가락에 꼽을 정도이리라.

그렇기에 타리온은 쓸데없는 자존심을 버리고 부하들과 함께 검은 달의 수장을 상대했다.

검은 달보다 그림자의 숫자가 더 많은 것을 이용한 것이다.

거기다 산 아귀 같은 경우 카리엘이 타리온을 걱정하며 바리바리 싸 준 마도구 덕에 시간을 벌 수 있었다.

'그럼에도 불구하고 겨우 시간벌이인가?'

속으로 중얼거린 타리온이 2개의 검을 들어 올렸다.

카리엘이 준 마도구는 거의 다 박살 난 상황.

이제는 그림자들과 자신만으로 저 괴물을 붙잡아 두어야 했다.

'목숨을 걸고 막는다.'

그렇게 생각한 순간 주변에 검은 마력의 파장이 퍼져 나가기 시작했다.

'더 시간을 끌면 위험하겠군.'

검은 달의 수장은 그렇게 생각하면서 힘을 끌어 올렸다.

벌써 네 번째 만난 그림자의 수장은 처음과 다르게 고유 기술을 사용하는 것에 점점 능숙해지고 있었다.

생사를 넘나드는 전투뿐만 아니라 비슷한 경지의 무인과의 전투를 통해 자신도 모르게 벽을 넘고 있는 것이다.

무엇보다 극한까지 단련된 검은 달의 수장이 전개하는 고유 기술을 직접 상대해 본 것이 컸다.

'이렇게도 사용할 수 있는 건가?'

'이런 마력 운용도 가능한가?'

'이런 식으로 움직일 수도 있는 건가?'

이 모든 것이 타리온에게 경험이 되어 주고 있었다.

그 덕분에 굳게 닫혀 있던 문이 조금씩 열리면서 견고한 마스터란 성벽을 넘으려 하는 것이다.

반면에 자신은 아니었다.

진즉 마스터에 이르렀어도 되었을 자신이건만 여전히 벽은 견고했다.

모든 부분에서 타리온보다 우위에 있건만 검은 달의 수장의 벽은 조금도 움직이지 않았다.

"마음에 안 드는군."

그렇게 중얼거린 검은 달의 수장이 검을 들어 올렸다.

조금 발전했다고 상대가 마스터의 벽을 넘지는 못할 것이다. 이런 기연 한 번으로 넘을 수 있었다면 자신은 진즉에 넘었을 것이다.

그럼에도 불구하고 불쾌할 수밖에 없었다.

자신의 생각을 읽은 아귀가 두 그림자들을 상대하기 위해 움직였다.

'내가 직접 마무리 짓는다.'

거대한 아귀가 기지를 파괴하지 못하도록 두 그림자가 아귀를 향해 달려드는 동안 타리온과 검은 달의 수장은 말없이 대치했다.

먼저 움직인 것은 검은 달의 수장이었다.

월식

검은 달의 수장이 가진 고유 기술.

6단계에 이른 자만이 가질 수 있는 그의 고유한 기술은 사방으로 퍼진 검은 참격 속에서 강력한 찌르기를 시전하는 것이다.

그리고 그것을 방어하는 타리온.

주변에 퍼진 검은 마력 파장에서 수천 개의 암기가 되어 검은 참격들을 박살 냈다.

동시에 환영처럼 흩어지는 타리온의 신형.

그림자 세상

본래 가지고 있던 고유 기술을 검은 달의 수장과 싸우면서 업그레이드한 타리온의 새로운 고유 기술.

적어도 자신의 영역 내에서는 무적과도 같은 힘을 가졌다.

'이젠 나보다 약간 우위인가?'

자신보다 약했던 타리온이 이제는 검술만큼은 약간 우위에 이르자 검은 달의 수장이 그 즉시 마력을 터뜨렸다.

그러자 아귀 형상이 나타나면서 타리온의 세상을 먹어 치워 나갔다.

쾅! 쾅!

검을 휘두를 때마다 타리온의 검은 마력들이 터져 나가고, 그 위를 수십 개의 검은 참격이 채워 나갔다.

압도적인 무위.

마스터라 할지라도 절대 경시할 수 없는 무위였건만 타리온은 버텨 냈다.

그림자를 넘나들듯 엄청난 속도로 참격들을 피해 내고, 심지어 환영을 만들어 검은 달의 수장의 눈을 현혹했다.

"……."

이젠 인정할 수밖에 없었다.

이대로 더 놔둔다면 그림자의 수장이 마스터의 벽을 넘을 거라는 것을.

상대가 벽을 넘는 순간 위험해지는 건 자신이 될 것이다.

이제껏 압도했던 상대에게 압도당한다?

이만한 굴욕은 없으리라.

"그것만큼은 안 된다!"

그렇게 외친 검은 달의 수장이 모든 힘을 끌어모았다. 지금까지 정석대로 움직였던 것을 버리고 흉포하게 움직였다.

그러나 자신이 상처 입거나 목숨이 위험해질 수도 있는 루트로 검을 휘두르며 달려드는 상대방을 보면서도 타리온의 눈은 당황하기는커녕 더 침착하게 변했다.

'보인다.'

더 빠르고 흉포해졌음에도 불구하고 상대의 검격이 어떻게 날아들지 전부 보였다.

이 순간만큼은 어떤 이들도 상대할 수 있을 것 같은 기분 속에서 타리온은 그동안 자신이 해 왔던 그대로 완벽한 자세를 만들면서 검은 달의 수장이 만들어 낸 공격들을 부숴 나갔다.

마침내 모든 것을 박살 낸 타리온의 검이 검은 달의 수장에게 날아드는 순간 그의 사고가 가속화되어 모든 것이 느리게 보였다.

'……지는 건가?'

순간적으로 그런 생각이 드는 순간 본능에 가까운 움직임으로 타리온의 검을 쳐 냈다.

검은 달의 수장은 이 생소한 감각이 익숙지 않았다.

어렸을 때부터 남들과 다른 천재성으로 가파른 성장을 이룬 그였지만 마스터의 벽만큼은 여전히 견고했다.

검이 안되었기에 투술을 익혔으며 그것 역시 극의에 다다

랐다.

그럼에도 불구하고 결국 벽을 넘지 못했다.

모든 것이 그의 계산하에 이뤄지고 그 계산에 따라 실력이 상승했다. 그런 그조차 견고히 막아섰던 벽이 고작 이런 본능적인 움직임에 조금씩 균열이 가고 있었다.

'인정하마. 내 판단이 잘못되었음을…….'

그렇게 생각하며 이성을 버리고 본능에 몸을 맡겼다. 그러자 지금까지와는 격이 다른 움직임이 만들어졌다.

2개의 힘이 타리온을 지금까지와는 차원이 다른 힘으로 압박해 왔지만 그림자 세상을 무너뜨리진 못했다.

오히려 더 견고하게 변하며 검은 달의 수장을 압박해 왔다.

벽을 허물기 시작한 검은 달의 수장의 매서운 공격이었건만 어째서 완벽하게 틀어막힌 것일까?

그 이유는 간단했다.

"오러……."

2개의 검에 완벽하게 형상화된 검은 형상의 검.

검은 달의 수장이 막강하다 한들 완벽하게 벽을 넘어선 마스터에 비할 바는 못 되었다.

"쿨럭!"

"……운이 좋았군."

피를 토하는 검은 달의 수장을 보면서 타리온이 자신의 검을 바라보았다.

만약 조금만 더 늦게 마스터가 되었다면 죽는 건 그였을 것이다.

마지막 순간 검은 달의 수장 역시 마스터에 거의 도달했으니까.

"좋은 승부였소."

그렇게 말한 타리온이 검을 휘두르려는 순간, 갑자기 검은 달의 수장 주위로 엄청난 숫자의 언데드들이 나타났다.

"언데드? 아니…… 이 기운은…….."

"……죽을 자리는 아니었나?"

검은 달의 수장이 자신의 주변에 나타난 불타는 해골 전사들을 바라보았다.

사기를 내뿜으며 이지가 없는 것이 특징인 언데드와 달리 온몸이 불에 타고 있는 해골 전사들은 각자의 무기를 들고 숙련된 전사처럼 자세를 취하고 있었다.

그 모습을 보면서 당혹스러워했던 것도 잠시, 타리온이 전력으로 검을 휘두르면서 검은 달의 수장을 향해 달려들었다.

"늦었다."

검은 달의 수장이 그렇게 중얼거리는 순간, 사방에서 거대한 불타는 해골 거인들이 나타났다.

과거 작은 언덕만 했다고 알려진 거인의 뼈들이 활활 타오르는 상태로 나타나 협곡을 무너뜨리며 이그니트의 임시 거점을 무너뜨리려 다가왔다.

"이게 대체······."

"후속 부대를 기다리던 게 너희들뿐이라고 생각했나?"

검은 달의 수장이 하는 말을 보면서 이를 악문 타리온이 전력으로 검에 오러를 불어 넣었다.

아직 마스터가 된 지 얼마 되지 않아 불안정한 오러였음에도 파괴력은 막강했다.

어떻게든 검은 달의 수장을 지키려는 해골들을 모조리 쓸어 버리고, 자신을 공격해 오는 거대한 해골의 도끼와 검을 박살 냈다.

하지만 로만이 소환한 거인 해골들의 숫자가 너무 많았다.

아무리 마스터에 이른 타리온이지만 이들을 전부 막을 수는 없었다.

혼자서 상대할 수 있는 해골의 수에는 한계가 있었기에, 그는 남은 존재들이 임시 거점을 박살 내는 것을 지켜보아야만 했다.

"······이번 전쟁은 우리의 승리다."

승리를 확신한 검은 달의 수장이 웃으면서 검은 달들을 소집했다.

수장끼리의 승부에선 패배했을지 몰라도 전쟁에선 승리했다.

그 사실에 만족한 검은 달의 수장이 몸을 뒤로 빼려는 순간,

부하가 다가와 뭐라 속삭이는 것을 듣고 표정이 굳어졌다.

그리고 그 순간.

하늘에서 휘둘린 거대한 검이 임시 거점을 공격하려는 해골 거인들을 두 동강 내 버렸다.

작전이 실패했음을 깨달은 검은 달들이 황급히 몸을 뺐다.

물론 그걸 가만 두고 볼 타리온이 아니었다.

한 명이라도 더 죽이기 위해 몸을 날렸고, 검의 주인 역시 불타는 해골들을 박살 내면서 이 사태를 만들어 낸 붉은 터번을 두른 자들까지 찾아내 죽였다.

그럼에도 불구하고 결국 검은 달의 수장은 놓쳤다.

"아켈리오 경."

모든 전투가 끝나자 그제야 거대한 오러 블레이드를 생각한 타리온이 표정을 구기면서 그를 불렀다.

그러자 저 멀리서 아켈리오가 모습을 드러냈다.

황궁을 지켜야 할 황궁 기사단장이 어찌 여기 있단 말인가?

"자네……."

타리온을 보자마자 눈을 크게 뜨고 놀라는 아켈리오.

하지만 타리온에게 그게 중요한 게 아니었다.

"어찌 여기 계시는 겁니까!"

"폐하의 명이었네."

"하…… 월크셔 공작 한 명만으로는……."

"그도 왔네."

타리온의 말에 아켈리오가 한숨을 쉬면서 말했다.

"그는 임시 거점을 박살 내고 있는 다른 곳들을 막아 내면서 이곳으로 오고 있네."

"그럼 수도에는……."

타리온의 물음에 아켈리오가 작게 고개를 저었다.

마스터 전원이 전장에 투입되었다.

그렇다는 건 전처럼 수도를 기습 공격하면 위험할 수도 있다는 얘기가 되었다.

"경!"

"이유가 있었네. 후…… 그보다 상황을 정리하지."

아켈리오의 말에 주변을 바라보던 타리온이 한숨을 쉬었다.

이번 작전으로 엄청난 숫자의 그림자들이 죽었다.

하지만 검은 달 역시 피해가 엄청났다.

서로가 모든 것을 걸고 싸웠기에 많은 사상자가 난 것이다.

그럼 그 결과는 어떨까?

"반쪽짜리 승리인가?"

타리온이 표정을 찌푸리면서 중얼거렸다.

이번 전쟁은 이그니트의 승리이긴 했다.

다만 임시 거점들이 많이 부서졌기에 정상적인 보급까지

는 어느 정도 시간이 소요되었다.

시간이 다급한 주력군 입장에서는 큰 타격을 입은 셈.

"이 상태로는 다음 공격을 막긴 어렵겠군요."

타리온의 말에 아켈리오가 고개를 저었다.

"곧 지원군들이 올 걸세. 가장 빠른 비공선들만 모아서 소수 병력이 먼저 도착할 것이니 급한 불은 끌 수 있겠지."

아켈리오의 말에 타리온이 다행이라는 표정으로 반쯤 박살 난 기지를 바라보았다.

처참한 형태로 변한 기지였지만 어찌 되었든 보급선은 지켜 내었다.

카리엘이 보낸 지원군들에 의해 보급선은 더 견고해질 것이다. 그렇다면 북부의 전쟁 역시 더 안정적으로 흘러갈 수 있을 터.

어느새 해가 떠오르고 거칠었던 전투의 흔적 속에서 임시 거점의 정리가 끝났다.

넘버링을 받은 그림자들과 다수의 그림자들이 싸늘한 시신이 되어 있었다. 그뿐만 아니라 거점을 지키던 병력과 기사들 역시 다수가 죽어 있었다.

그 모습을 본 타리온의 표정은 착잡했다.

그럼에도 불구하고 그는 이곳의 지휘관으로서 살아남은 이들을 위해 자신의 감정을 감추고 당당히 말했다.

"오늘 우리는 동료들의 희생을 통해 목표를 달성했다. 그러니 자랑스러워해라."

　그렇게 말하며 타리온이 그림자들과 살아남은 병력을 향해 말했다.

　"우리의 승리다."

게이트 전쟁!

마침내 보급선 방어 작전이 끝이 났다.

결과는 반쪽짜리이긴 하지만 이그니트의 승리였다.

건물 대부분이 박살 나고, 물자들도 멀쩡한 걸 찾는 게 힘들었지만 보급로를 지킬 수 있었기 때문이다.

"……승리하셨군."

어려운 싸움이었음에도 기어코 타리온이 막아 냈다는 소식을 전달받은 글렌이 만족스러운 표정을 지었다.

만약을 대비해서 후방에 가야 할 수도 있기에 기다리고 있긴 했지만 놀고만 있었던 것은 아니었다.

서쪽에서 있던 기사단이 글렌을 중심으로 한데 뭉치기 시작했고, 혹한의 협곡을 통해 넘어온 추가 병력 역시 글렌이 있는 곳으로 하나둘 합류했다.

그러자 결코 무시할 수 없는 군대가 만들어졌다.

이제 이 군대를 보급선을 지키는 것이 아닌 주력군이 전투하는 전장으로 향하게 할 수 있었다.

"이번에도 막을 수 있을까?"

글렌이 그렇게 말하면서 피식 웃었다.

처음 북부에 글렌이 모습을 드러냈을 때는 '아직 경험이 부족한 마스터' 정도의 평가를 받았었다.

이그니트에서는 추앙받았지만 동대륙에서의 평가는 박한 면이 있었다.

하지만 동대륙 북부에 올라오고 나선 달라졌다.

거인의 요새와 북부에서의 연이은 전투로 강력한 힘을 자랑한 흑마법사의 수장.

그런 그가 흑마법사들과 함께 글렌의 별동대를 막기 위해 움직였음에도 불구하고 대패했다.

이유는?

간단했다.

그냥 글렌이 압도적으로 강했기 때문이다.

서대륙에서의 전투 경험이 마스터에 이르게 했다면, 동대륙에서의 전투 경험은 마스터가 된 이후의 힘의 운용을 폭발적으로 성장시키게끔 했다.

"준비 끝났습니다."

"출발하죠."

준비가 끝났다고 보고하러 온 군단장을 보면서 막사에서 나온 글렌이 별동대를 움직였다.

가장 앞에선 별동대의 뒤에 혹한의 협곡을 넘어온 3개 군단이 뒤를 따랐다.

전부 최정예로 이루어진 병력이 일제히 마계 게이트가 있는 지점으로 빠르게 이동했다.

별동대의 기마대 뒤로 수천대의 마동차(마력 자동차)가 따랐다.

그리고 하늘에서는 비공선들이 움직였다.

"흑마법사가 안 보입니다."

"막지 못할 것을 알았나 봅니다."

함께 움직이는 부관들이 흑마법사가 사라졌다는 것을 보고하자 글렌이 작게 고개를 끄덕였다.

별동대를 움직였을 때도 패했던 흑마법사들이 대규모 부대를 막아 낼 수 있을 리 없었다.

사실 별동대를 흑마법사들이 막아섰을 때는 나름 근거가 있었다.

글렌의 실력이 자신들의 수장에 근접하지 못할 거란 생각은 뒤로하더라도, 흑마법사들과 마인들로 이루어진 연합군의 힘이 별동대를 아득히 뛰어넘었기 때문이다.

그런 차이를 메꾼 것은 오로지 글렌 혼자의 힘이었다.

삐이이!

"무슨 일입니까?"

"마계 게이트로 추정되는 곳에서 강력한 마기의 파장이 느껴진다고 합니다."

군단장의 보고에 글렌의 표정이 굳어졌다.

"최대한 빨리 가야겠군요."

그렇게 말한 글렌이 잠시 고민하더니 군단장들에게 자신의 생각을 설명했다.

그가 이끄는 주력군은 별동대.

그러니 별동대답게 주력군에 합류하기보단 먼저 게이트 쪽을 치자고 했고, 모든 군단장들이 그에 동의했다.

그동안 보여 준 글렌의 무력에 대한 믿음이 있기에 가능한 일이었다.

그렇게 별동대가 게이트를 직접 치러 가기 위해 방향을 트는 동안 주력군 역시 빠르게 마족들을 박살 내면서 북진했다.

보급선이 안정화되면서 아켈리오와 월크셔 공작이 이끄는 부대들로 로만을 압박하자 그동안 로만을 견제하던 병력까지 주력군에 합류했기 때문인지 압도적인 힘으로 밀어붙일 수 있었다.

하지만 연이은 승리에도 주력군은 웃을 수 없었다.

오히려 웃는 것은 마족 군대였다.

비록 마족의 군대가 엄청난 희생을 치르면서 패배하고 있다고는 하지만 그들이 목표했던 임무는 어느 정도 완수했기 때문이다.

이 상황을 전달받은 카리엘 역시 심각해졌다.

"예상과 달리 너무 빠른데?"

카리엘의 물음에 마법사들과 신관들이 자신들이 찾은 정보들을 바탕으로 설명을 시작했다.

"기록에 따르면 게이트가 완성될 시 하늘을 향해 보랏빛 마기의 기둥이 발생한다고 되어 있습니다."

"저희 역시 마찬가지입니다."

"그렇다면 아직 완성 단계는 아니란 건가?"

카리엘의 물음에 신관과 마법사 둘 다 고개를 끄덕였다.

"확실히 완성 단계는 아니옵니다."

"이는 확신할 수 있습니다."

둘의 확신에 카리엘이 작게 고개를 끄덕였다.

한군데서만 나온 것이 아닌 역사상 마족들이 출현했던 거의 모든 기록이 동일하게 묘사되고 있었기 때문이다.

카리엘 역시 전생에 마계 게이트가 있던 곳을 보았던 기억이 있었다. 이들이 말한 것처럼 보랏빛 기둥은 보지 못했지만 하늘을 마기로 오염시킨 검은 구름이 가득했던 것으로 기억한다.

하지만 보고에 따르면 그저 마기의 파장만 짙어졌을 뿐 기록상에 나온 어떤 현상도 나오지 않았다.

"그럼 완성은 아니라 치고…… 이 현상이 무얼 뜻하는 거지?"

카리엘의 물음에 회의에 모인 모든 이들이 입을 꾹 다물었다.

사실 그들도 알 수가 없는 게 당연했다. 가장 최근에 마족들이 나타난 것만 해도 고서를 찾아봐야 할 정도로 오래전의 일이었기 때문이다.

"혹…… 고위급 마족을 무리하게 소환하려는 것은 아닌지요."

마법사의 말에 다들 고개를 돌려 말을 한 마법사를 바라보았다.

그러자 당혹스러워하는 마법사를 보면서 카리엘이 턱짓으로 더 말해 보라고 명령했다.

"마족을 소환했던 기록들을 살펴보면 이와 유사한 기록이 있습니다."

"하지만 그건 게이트가 아니지 않소?"

마법사의 말에 신관 중 하나가 미간을 찌푸리며 말했다.

소환 마법과 게이트는 완전히 다른 개념이었다.

세계 간의 단절된 공간을 열어 마족의 정신체만 소환하는 것과 달리 게이트는 마계의 모든 것이 오갈 수 있도록 길을 여는 개념이기 때문이다.

그렇기에 신관을 비롯한 다른 마법사들도 의아한 표정을 바라보았다.

"하지만 마계에서 이곳으로 넘어오는 개념 자체는 비슷하지 않습니까?"

그의 말에 카리엘이 더해 보라는 듯 그를 빤히 바라보았다.

그러자 다른 이들도 더는 말하지 않고 차분하게 그의 말을 듣고자 했다.

"마족을 소환한 기록들을 찾아보면 이런 비슷한 현상이 기록된 바 있습니다. 공통점은 무리하게 소환 시일을 앞당기다가 일어난 일들입니다."

마법사가 보여 준 기록들을 직접 살펴본 카리엘이 작게 고개를 끄덕였다.

갑작스럽게 강해진 마기의 파동과 동시에 주변에 퍼져 있던 마기가 전부 사라졌다는 묘사들.

"여기서 마기가 사라진 원인은 소환진 때문인가?"

"그런 것 같습니다. 소량의 마기조차 소환진이 빨아들인 것으로 보입니다."

마법사의 말에 입을 달싹이는 신관을 본 카리엘이 이번엔 그에게 기회를 주었다.

"폐하, 여기 기록들을 보시면 마족 소환 시 다양한 형태로 주변 환경이 오염되는 걸 볼 수 있습니다."

"맞습니다. 이 기록들을 보면 같은 조건임에도 현상이 다릅니다."

다른 마법사들과 신관들이 동일 조건의 다른 현상들을 찾아서 카리엘에게 보여 주었다.

확실히 동일 조건임에도 다른 현상들이 일어난 것임을 볼 수 있었다.

거기다 지금 마계 게이트에서 일어난 현상임에도 단순히 마기만 흘러나왔던 기록들도 있었다.

전생에 마족들을 수 없이 겪어 본 카리엘이지만 게이트나 소환과 관련된 정보는 많이 부족했다.

이미 대규모 마족 군대가 소환되었는데 그런 곳에 시간을 할애할 여유 따윈 없었다.

그럴 시간에 마족들의 약점을 하나라도 더 찾아봐야 했기 때문이다.

"······일단 최악의 사정부터 가정해 보지. 만약 그대의 말이 맞다면 어떤 상황까지 예상할 수 있겠나."

카리엘의 물음에 고위 마족의 소환을 가정했던 마법사가 자료들을 뒤적거렸다.

"······마왕의 소환도 가정할 수 있을 것 같습니다."

마법사의 말에 다른 이들이 말도 안 된다는 듯, 즉시 반박했다.

"말도 안 됩니다. 마왕이 소환되기에는 마기의 파장이 터

무늬없이 약합니다."

"예. 불완전한 마왕이 소환되었을 때에도 주변에 마기가 넘실거릴 정도였습니다."

마법사와 신관들의 반박에 카리엘은 말없이 마왕이 소환될 수 있다고 주장한 마법사를 바라보았다.

그의 기다림에 핏줄까지 세워 가며 반박하면 신관들과 마법사들도 흥분을 가라앉히고 다시금 자리에 앉았다.

잠시간의 침묵 끝에 자신의 근거를 뒷받침할 자료를 찾은 마법사가 조용히 입을 열었다.

"이 기록들을 살펴보시면 마왕을 일시적으로 소환할 수 있음을 알 수 있을 겁니다."

마법사의 말에 카리엘이 작게 고개를 끄덕였다.

"다른 이들도 말했다시피 마왕이 본래 힘을 대부분 봉인하고 왔음에도 파장은 상당히 컸습니다. 하지만 이 사례를 적용시키면 가능도 할 것 같습니다."

"이건?"

카리엘이 고개를 갸웃거렸다.

자신도 처음 보는 형태의 소환진이었기 때문이다.

중앙에 고치 같은 것이 있었고 그곳에 괴이한 문양들이 잔뜩 그려져 있었다.

게다가 피로 그려진 마법진 역시 여려 겹으로 중첩되어 있는 것 같았다.

"과거 부두술사들이 다수를 희생시켜 악마를 만들려 했던 흔적입니다."

"만들려 했다?"

"그렇습니다. 고위 마족 몇 명의 심장을 한 명에게 이식시키고 봉인된 마왕의 혼을 불어넣어 아무런 제약이 없는 '마왕'을 만들려 했습니다."

그의 말에 카리엘이 고개를 갸웃거렸다.

"실패했나 보군. 성공했다면 내가 알고 있었을 테니까."

"예. 하지만 완전히 실패한 건 아닙니다. 기록에 따르면 이들의 실험은 실패했지만 이 실패한 잔재를 먹은 이가 있습니다."

"누구지?"

"마룡왕입니다."

그의 말에 카리엘이 즉시 고개를 돌려 신관들을 바라보았다.

마룡왕이라면 카리엘도 들어 본 적 있는 재앙과 같은 존재였다. 그런 존재가 사실은 인간에 의해 탄생한 것이라면 심각한 일이었다.

"그런 추측은 있사옵니다."

"실제로 이 흔적을 봉인해 두었던 신전이 무너진 후 마룡왕이 나타났긴 했습니다."

교구의 신관들이 하는 말에 카리엘이 심각한 표정을 지었다.

"정리해 보자면 이런 방법을 사용하면 마왕이 넘어올 가능성도 있단 얘긴가?"

"……저럴 경우 전혀 가능성이 없는 이야긴 아닙니다."

"추가로 산제물을 바치는 의식을 통해 게이트의 부담을 줄인다면……."

마법사들과 신관들이 서로 의견을 나누면서 마왕이 나타날 수 있는 확률을 추측해 보았다.

"마왕이 소환될 확률 3할. 대신 소환되더라도 온전한 힘을 갖췄을 가능성은 거의 없다 정도인가? 기껏해야 1할 정도?"

"예!"

"그럼 한 가지 묻지. 1할의 힘을 가진 그랜드 마스터의 힘은 어느 정도일까?"

카리엘의 물음에 마법사들과 신관들의 표정이 굳어졌다.

"답이 되었군."

회의장에 모인 모든 이들의 침묵에 카리엘이 그 즉시 시종장을 불렀다.

"지금 즉시 이 사실을 주력군에 알리도록. 시종장."

"예!"

"대신들을 불러와."

"알겠습니다."

마왕이 소환되었을 가능성.

그것 하나만으로도 제국은 다시금 비상 체제에 들어갈 수밖에 없었다.

그 즉시 통신구를 통해 이 소식을 동부로 전하고 전쟁 중인 주력군에 비밀 서신을 전했다.

-마왕이 소환되었을 가능성이 있음.

비밀 서신을 본 남부 사령관의 눈이 찌푸려졌다.

불완전하게 소환되었을 가능성이 높지만 그랜드 마스터급 이상의 존재가 넘어왔다는 것 자체가 문제였다.

"지금 즉시 태양검과 교황을 부르시오."

남부 사령관의 말에 고위 사제가 고개를 갸웃거렸다.

마족들을 학살하며 최전선에서 싸우고 있을 그들을 대체 왜 부르냐는 표정이었다.

그런 그에게 비밀 서신을 보여 주자마자 사색이 되며 황급히 그들을 부르기 위해 뛰어갔다.

　　　　　　　　　❋

'마왕'이라는 단어 하나에 주력군의 수뇌부가 혼란에 휩싸일 때, 제국의 수도는 다른 일로 혼란에 빠졌다.

"폐하, 아니 됩니다."

대전 안에서 모두가 부복하며 카리엘의 결정을 반대하는 대신들.

하지만 이번만큼은 자신의 뜻을 굽힐 생각이 없는지 단호하게 말했다.

"아니. 이번만큼은 반론을 받지 않는다. 동생들을 불러들여."

그렇게 말한 카리엘이 단호한 표정으로 대신들에게 명했다.

"내가 직접 동대륙에 넘어가야겠다."

카리엘의 결정에 대신들의 표정이 썩어 들어갔다.

얌전히 있어도 모자랄 판국에 또다시 전쟁터로 가겠다는 카리엘을 보면서 대신들은 애가 탔다.

대체 왜 이런단 말인가?

한 명은 남겨 둬야 할 마스터들도 죄다 보내 버린 판국에 이번엔 직접 전쟁터로 뛰어들겠다는 카리엘의 말에 대신들은 미칠 노릇이었다.

현재의 제국에 카리엘이 가진 입지는 절대적이었다.

황위를 이를 동생들이 있다지만 카리엘을 잃었을 때 일어날 혼란은 결코 그들만으로는 잠재울 수 없었다.

"폐하, 꼭 가셔야겠습니까?"

"불의 사제들만 보내도 되지 않겠습니까?"

대신들의 설득에 카리엘이 고개를 저었다.

"지옥의 존재들을 상대하기 위해선 내가 가야 돼."

카리엘이 단호한 표정으로 말했지만 이번만큼은 안 된다는 듯 대신들은 의견을 굽히지 않았다.

서대륙도 아니고, 동대륙이었다.

거인의 요새에 얌전히 처박혀 있다 했으면 고민이라도 해 볼 것이다.

그런데 카리엘은 로만을 직접 견제하겠다 말한다.

당연히 대신들 입장에선 결사반대를 외칠 수밖에 없는 입장인 것이다.

"마왕이 완전히 깨어나기 전에 결판을 봐야 한다."

"하오나……."

대신들의 반대에 카리엘이 고개를 저었다.

사실 그도 이렇게까지 하고 싶진 않았다. 하지만 돌아가는 상황이 너무 위험했다.

전생의 경험을 통해 마왕이란 존재가 얼마나 무지막지한 존재인지 잘 알고 있었기에 반드시 막아야 했다.

글렌이 그랜드 마스터가 되었다면 이렇게까지 하지 않았을지도 모른다.

하지만 글렌은 아직 약했다.

전생의 절대적인 힘을 갖추기 전까진 시간을 벌어 주어야 했다.

'마왕의 소환을 막을 수 없다면 글렌이 성장할 시간이라도

벌어 주어야겠지.'

마왕이 이미 소환되었다면 마족들의 세력이라도 약화시키고, 덤으로 마왕에게 치명상이라도 입혀 놔야 했다.

그러기 위해선 제국의 모든 전력을 마족에게 집중시킬 필요가 있었다.

바로 이걸 위해서 카리엘이 동대륙으로 가려는 것이었다.

"로만을 견제할 병력을 위로 올려보내야 해."

"하오나……."

"제국에 그랜드 마스터가 단 한 명이라도 있었다면 짐은 이런 결정을 내리지 않았을 것이다."

카리엘의 말에 대신들의 입이 꾹 다물렸다.

"그랜드 마스터보다 강할지도 모르는 존재가 넘어오는데 안전을 위해 손 놓고 있는다? 그것이 정녕 그대들의 바람인가?"

카리엘의 물음에 이번에도 대신은 침묵할 수밖에 없었다.

"짐을 믿어라. 반드시 살아돌아 오겠다."

카리엘의 말에 대신들이 고개를 들어 자신들의 황제를 바라보았다.

언제나 말한 것은 지키고자 하는 이그니트의 지존은 스스로 약속한 바를 대부분 지켜 내며 서대륙 통일이라는 위대한 업적을 남겼다.

"로만을 불태우고 올 테니 믿어라. 그리고…… 반대는 오늘까지만 듣는 걸로 하지. 일이 많이 밀렸어."

그렇게 말한 카리엘이 반대하는 대신들을 뒤로하고 밖으로 나갔다.

당당하게 대전을 나가는 카리엘의 뒷모습을 보며 대신들이 한숨을 쉬었다.

"저리 강경하시다면……."

"막기 어렵겠지."

재무대신의 말에 재상이 한숨을 쉬었다.

"하오나 막아야 하옵니다. 지금의 제국은 폐하께서 계시기에 겨우 유지되는 것입니다."

성국과 남부 왕국들을 점령한 지 얼마 되지 않았다.

게다가 마족들과 지옥의 존재들까지 나타난 상황 속에서 이그니트가 이렇게 큰 혼란 없이 유지되는 이유는 카리엘이라는 존재 때문이었다.

그의 리더십 없이 과연 중앙이 제대로 컨트롤이 될지가 의문이었다.

"그래도 해야겠지. 폐하께서 바라시지 않는가."

재상의 말에 대신들이 말없이 고개를 숙였다.

언제나 자신들에게 어려운 과제를 주는 황제.

매일같이 야근을 시키고, 산더미 같은 일더미만 안겨 주는 못된 황제였지만 막상 없으면 그리워하는 묘한 존재였다.

"움직이세. 폐하께서 저리도 간절히 바라신다면 따라 드리는 게 도리겠지."

결국 재상의 말에 무릎을 꿇고 있던 대신들이 하나둘 일어나면서 자신들의 자리로 돌아갔다.

모든 대신들이 자신들의 자리로 돌아가자 짧게 한숨을 쉰 재상은 조용히 황제의 궁으로 찾아갔다.

⁂

"설득은?"

"끝났사옵니다."

"수고했네."

카리엘의 말에 재상이 짧게 한숨을 쉬었다.

"폐하, 이제 그만 소신을 놓아주시지요."

하루하루 가파르게 늙어 가는 재상이 초췌한 몰골로 카리엘에게 간청했다.

하지만 카리엘은 단호하게 고개를 저었다.

"루터가 성장하면 놓아준다 했잖아."

전생의 천재는 현재 아카데미에서 착실히 성장 중이었다.

그렇기에 카리엘은 그가 졸업을 하고 정식으로 관료로 들어오기 전까진 재상을 놓아줄 생각이 없었다.

현재 제국에 재상만큼 연륜 있고 중심을 잡아 줄 인물이 없었기 때문이다.

"……그가 성장하는 걸 기다리다 소신이 먼저 죽겠습니

다."

"사제들보고 더 극진히 관리해 달라 명을 내리지."

"……."

안 그래도 노신으로 야근까지 하는 재상이 안타까워 사제
들에게 지속적으로 관리토록 하고 귀한 약재들을 다달이 보
내 주고 있었다.

그런데 초췌한 몰골을 보니 그것으로도 부족한 것 같았다.

"정 그러면 좀 더 일찍 불러들여."

"예?"

"루터 말이야. 비상 체제이니 꼭 졸업반이 아니어도 불러
서 쓸 수 있잖아."

카리엘의 말에 재상의 표정이 묘해졌다.

"아직 어리지 않습니까? 좀 더 경험이 필요할 텐데요."

"불러서 써 보고 아니면 다시 돌려보내."

카리엘의 제안에 재상이 고개를 갸웃거렸다.

"폐하께선 그 청년을 신뢰하시는군요."

재상의 말에 카리엘이 미소를 지었다.

그것을 보면서 확신을 얻은 재상이었으나 고개를 갸웃거
릴 수밖에 없었다.

처음 카리엘이 루터를 잘 키워 보라고 명령했을 때, 재상
은 카리엘이 루터를 차기 재상으로 보고 있음을 느낄 수 있
었다.

졸업과 동시에 재상부에서 일하게끔 하고 직접 키워 보라고 명했으면 누구라도 예상할 수 있을 것이었다.

문제는 그가 아직 어리다는 것이다.

"내가 왜 그 청년을 신뢰하는지 궁금해?"

"……예."

"나와 동류거든."

카리엘의 말에 재상이 말도 안 된다는 표정을 지었다.

자신의 지존이었지만 그가 보기에 카리엘은 괴물이었다. 그런 존재와 동류라고?

"잘할 거야. 그러니 믿어 봐."

"……알겠습니다."

여전히 믿기 힘들다는 표정을 짓는 재상이지만 지금은 그저 믿어 달라고 말할 수밖에 없었다.

괴물로 보는 자신보다 몇 배는 유능한 루터가 자리를 잡기 시작하면 지금보단 훨씬 더 안정적인 체제를 구축할 것이다.

이미 루터와 동생들을 중심으로 모여든 젊은 천재들은 벌써부터 성과를 보이고 있었다.

그들이 아카데미에서 내는 아이디어들은 당장에 쓸 만한 것도 몇 개가 있을 만큼 혁신적이었다.

"잘하겠지."

과거 비운의 천재라 불리는 동생들.

그리고 제국을 자신이 죽을 때까지 버틸 수 있게 한 루터라는 희대의 천재.

전생엔 전쟁으로 사라졌던 수많은 천재들.

그들이 있다면 자신이 없어도 제국은 더 빠르게 발전할 수 있을 것이다.

이미 반역자 출신의 베이커와 쿠리우스 튜링이라는 천재들을 중심으로 어느 정도 체계도 잡혀 있었다.

무기학 박사 베이커.

연금학과 화학의 신 쿠리우스.

공학의 아버지 튜링.

반역자 출신으로 세일럼에 겨우 등용시켰던 그들이 이제는 수도에서 핵심 사업에 뛰어들어 각 분야에 중심을 이루고 있었다.

다른 것도 마찬가지였다.

카리엘의 친위대들이 각 분야에서 활약하고 있었다.

중앙 마탑주를 겸임하는 아르슈나.

제국의 기초 운동과 병사들의 기초 수련법의 체계를 정립 중인 토토.

근접전의 기초와 레인저와 특수부대를 양성시킬 무술의 기초를 다진 이리스.

몬스터들과 악마들의 약점을 연구하고 외과의 기반을 다지는 브리온.

동시에 친위대 역시 확장을 위해 이들이 직접 뽑은 인재들을 수련시키는 중이었다.

이미 카리엘이 뽑은 각 분야의 천재들이 기반을 다져 놓았
으니 자신이 잠깐 수도를 비운다고 흔들릴 일은 없을 것이다.

여기까지 계산을 마쳤기에 카리엘도 동부로 떠날 마음을
먹을 수 있었던 것이다.

✦

며칠 후.

황제의 궁으로 찾아온 두 동생들을 보면서 카리엘이 미소
를 지었다.

"수도를 잘 부탁한다."

카리엘의 말에 동생들이 한숨을 쉬었다.

과거 카리엘이 수도를 비웠을 때를 떠올리면서 몸을 부르
르 떨었다.

"그때처럼 힘들지는 않을 거야."

카리엘이 걱정 말라는 듯 말했지만 동생들은 믿지 않았다.
이미 자신들의 힘으론 카리엘의 빈자리를 메꿀 수 없다는 것
을 경험으로 처절하게 학습했기 때문이다.

"미리엘이나 달래 주고 가십쇼."

"예. 또 위험한 곳으로 간다니 우울해하고 있습니다."

"……그래?"

동생들의 말에 카리엘의 표정이 어두워졌다.

"자신만 도움이 안 되고 있다고 자책하고 있습니다."

세리엘의 말에 옆에 있던 루피엘이 한숨을 쉬었다.

자신들이 미리엘을 달래 주려 했지만 이번만큼은 쉬이 기분이 풀어지지 않고 있었기 때문이다.

"도움이 되고 싶어 한다라……."

"설마…… 형님, 미리엘을 벌써부터 부려 먹으시려는 건 아니겠죠?"

"그 정도로 양심이 없으실 리가……."

두 동생들이 질렸다는 표정으로 카리엘을 보자 그런 동생들을 바라보며 말했다.

"우울해하는 것보다 차라리 일을 하는 게 낫지 않을까?"

그렇게 말한 카리엘이 턱을 문지르면서 괜찮겠다는 생각이 들었다.

"안 그래도 궁이 어지럽긴 했지."

아직 결혼을 하지 않아서 그런지 시녀장과 시종장이 권한을 나누어 궁을 관리하고 내무대신이 도움을 주고 있긴 한데 보고 체계가 어지러워 예산이 중구난방일 때가 많았다.

카리엘은 이 부분에 관해서 중심만 잡아 주는 형태로 미리엘에게 일을 맡길 생각이었다.

미리엘에게 내궁의 일을 맡긴다는 결정이 내려지자마자 대신들과 동생들이 질렸다는 고개를 절레절레 흔들었지만 오히려 미리엘은 다부진 모습으로 두 주먹을 꼭 쥐며 말했다.

"할 수 있어요! 오라버니한테 도움이 되고 말 거예요!"

미리엘의 말에 다들 걱정스런 표정을 지었다.

다들 미리엘이 얼마나 도움이 될까 싶은 생각도 있었다. 하지만 카리엘은 꼭 그렇지만도 않을 거라 생각했다.

전생의 경험을 생각해 봤을 때 미리엘의 재능은 루터에 버금갔기 때문이다.

그런 그녀를 조기부터 교육시켰으니 밥값은 할 거라 믿었다.

"할 일은 다 끝났군."

ㅡ이제 동대륙으로 가는 건가?

"그래."

수르트의 물음에 카리엘이 밤하늘을 바라보며 말했다.

ㅡ쫄지 마.

"안 쫄았다."

수르트의 말에 뜨끔한 카리엘은 헛기침을 내뱉으며 말했다.

ㅡ쫄았구먼.

긴장한 표정이 역력한 카리엘을 보면서 그렇게 중얼거린 수르트가 피식 웃었다.

그런 수르트와 티격태격하면서 카리엘은 황궁에서의 마지막 날을 보냈다.

※

그리고 다음 날.

보급선을 지키던 월크셔 공작과 마법사단이 일제히 북부로 이동하며 주력군에 합류했다.

그러자 빈틈을 노리던 로만이 일제히 보급선으로 몰려들었다.

엄청난 숫자의 지옥의 아귀들이 몰려들자 아켈리오와 타리온이라는 두 마스터가 있음에도 보급선을 지키는 데 어려움을 겪을 수밖에 없었다.

바로 그때, 타리온에게 한 가지 급보가 날아들었다.

"남쪽 지역의 보급선이 안정화되었다 합니다."

"불의 사제들이 도착했나?"

"예. 그런데 안정화된 이유가 그들 때문이 아닙니다."

그림자의 보고에 타리온이 고개를 갸웃거렸다.

"그럼?"

"폐하께서 직접 참전하셨다 하옵니다."

그림자의 말을 들은 타리온이 경악하며 기함을 토했다.

"뭐!"

그림자의 보고에 경악한 타리온.

하지만 경악한 건 그뿐만이 아니었다. 아켈리오 역시 보고를 듣자마자 기함을 토하며 카리엘에게 가려고 움직이려 했다.

"폐하께서 자리를 지키시라 명하셨습니다."

"……."

아켈리오가 어떻게 움직일지 예상했다는 듯, 명령을 내린 카리엘.

그의 명령을 전한 기사도 한숨을 쉬었으나 아켈리오와 달리 걱정스러운 표정은 없었다.

"폐하께서 직접 참전하셨다고?"

"예."

"남쪽이라면 우리보다 더 많은 군대가 몰려갔을 텐데?"

"예. 하오나 이미 그쪽 방면은 대부분 정리가 끝났습니다."

기사의 보고에 아켈리오가 고개를 갸웃거렸다.

지옥의 거대한 아귀들은 아켈리오조차 애를 먹을 정도로 까다로웠다. 두 동강 낸다고 바로 죽지도 않을뿐더러 촉수처럼 길어지는 입들 때문에 방어하기가 까다로웠기 때문이다.

그런데 그런 아귀들 수천 마리가 몰려갔다.

거기다 북쪽과 달리 남쪽은 불타는 거대한 해골들까지 함께 갔기 때문이 더 방어하기 까다로웠을 것이다.

"정리가…… 끝났다고?"

"예, 폐하께서 압도적인 힘으로 무쌍을 찍으며 막아 내셨습니다."

그렇게 보고한 기사를 보면서 아켈리오가 의아한 표정을 지었다.

"압도적?"

그렇게 의문을 표했던 아켈리오는 나중에 카리엘의 남부에서 펼쳤던 활약을 영상구로 보고 나서야 납득할 수 있었다.

타리온과 아켈리오를 경악하게 했던 카리엘의 결정.

사실 카리엘도 이렇게 갑작스럽게 참전을 하고자 하지는 않았다.

일단 거인의 요새에서 간 좀 보다가 어느 정도 실전을 치르고 보급선의 방어 작전에 투입될 생각이었다.

하지만 상황이 급박하게 돌아갔다.

로만이 이그니트가 틈을 보이자마자 개처럼 물어뜯으러 왔기 때문이다.

보급선이 위험에 처했다는데 가만히 있을 순 없었다.

거인의 요새에서 보낸 지원군과 함께 남부 보급선으로 이동했고, 비공선에서 상황을 지켜보았다.

개떼처럼 몰려드는 아귀들과 불타는 해골 군대를 보는 순간, 심장이 요동쳤다.

그 순간, 비공선의 문을 열고 소환수를 소환했다.

수르트까지 소환할 필요도 없었다. 거대한 불의 골렘인 아그니에 올라타 아귀들을 짓밟으며 전진했고, 스콜을 앞에 소환해 길을 트게 했다.

그리고 그것으로 끝이었다.

"상황이 정리됐군."

사방이 재로 가득한 풍경 속에서 나직히 말한 카리엘.

그런 그를 보면서 수르트가 뚱한 표정으로 말했다.

─일은 소환수가 다 했는데 뭔 똥폼이냐?

"흠흠! 이것도 내 능력이지."

수르트의 말에 헛기침을 한 카리엘이 똥폼 잡던 것을 풀고 지휘관들이 있는 곳으로 발걸음을 옮겼다.

"폐하, 고생하셨습니다."

경이로운 모습을 직접 목격한 병사들과 지휘관들이 존경심을 가득 담은 채 카리엘을 바라보았다.

바로 그때 황궁 기사가 카리엘에게 다가와 말했다.

"위기는 지나갔으니 이제 요새로 복귀하시는 게 좋을 것 같습니다. 폐하를 노리고 로만이 군대를 더 보내올지 모릅니다."

그의 말에 보급선을 지키는 지휘관들도 황급히 그러라고 말했다.

하지만 카리엘이 단호하게 고개를 저었다.

"지옥의 군대를 상대하기엔 불의 사제들이 적합하다. 그리고 나의 능력 또한 그러하지."

그렇게 말한 카리엘이 로만의 진형을 바라보며 말했다.

"이곳에 남아 로만을 직접 견제해야겠어."

"하오나 폐하! 너무 위험합니다."

"후방이 안정되어야 주력군이 마족들에게 집중할 수 있다. 로만의 견제를 막으려면 이게 최선이야."

지옥의 군대에게 압도적인 힘을 발휘할 수 있는 카리엘. 비록 지옥의 존재들 한정이라지만 마스터 이상으로 압도적인 힘을 발휘할 수 있는 그가 있다면 로만의 힘도 한풀 꺾일 것이다.

"이곳이 안정되는 대로 북부로 올라갈 거다. 타리온과 아켈리오 경에게 준비하라고 해."

"무엇을 준비하라는 말씀이신지……."

"로만을 칠 준비."

카리엘의 말에 지휘관들의 눈이 동그랗게 변했다.

"폐하, 지금의 전력으로 로만을 치는 것은……."

"짐도 안다. 그렇기에 겁만 주려는 거야. 그리고 우리만 로만을 치는 게 아니지."

그렇게 말한 카리엘이 빙그레 웃었다.

마인들과 마족들도 전부 북쪽으로 몰려갔고, 지옥의 존재들까지 이그니트를 견제하는 데 집중한다면 남쪽은 어떨까?

방어선이 엷어졌다는 것을 연합군이 모를 리 없을 터.

사전에 이그니트에게 로만이 집중 공격하려 한다면 공격

해 달라고 부탁을 해 놓은 상황.

"우리가 로만을 치는 순간 남쪽에서 연합군이 올라올 거다."

"그렇다면……."

"가능할 것도 같습니다."

"우리의 목적은 로만이 다시금 요새에 틀어박히게끔 하는 것이다. 적어도 북쪽의 전쟁이 마무리될 때까지만이라도 그 상황을 유지시킬 수 있다면 우리의 승리야."

이미 거인의 요새에서 군부의 장교들과 회의를 끝낸 내용이었다.

남쪽의 연합군이 잘만 해 준다면 충분히 가능한 작전이었다.

불의 사제들과 함께 작전에 투입된 카리엘의 압도적인 힘과 함께 보급선이 안정되면서 서서히 북쪽으로 병력이 올라갔다.

그렇게 보급선에서 연이은 승전이 울리는 동안 주력군 역시 계속해서 밀어붙이고 있었다.

글렌의 별동대와 교황과 태양검을 주축으로 하는 신성 기사단이 마계 게이트가 있을 만한 지역으로 진입했다.

"사악한 존재들을 전부 불태워라!"

태양검의 명령에 신성기사들이 새하얀 신성력을 내뿜으면서 마족들을 베어 나갔다.

"마군단장이다!"

신성 기사단의 앞을 가로막은 흑마법사들과 마족의 정예 군단.

그리고 그들을 이끄는 흑마법사의 수장과 마군단장. 남쪽에서 제국을 막아섰던 마군단장이 거대한 창을 휘두르면서 신성 기사단의 돌진을 또다시 가로막았다.

"뚫어라!"

교황의 명령과 함께 전력으로 신성 마법을 사용했다.

새하얀 벼락과 폭풍이 만들어지면서 흑마법사들의 마법을 박살 냈다.

"게이트다!"

교황의 마법에 결계가 깨지자 거대한 게이트의 구조물이 보였다.

그리고 그 앞에는 수상한 고치 형태의 괴상한 생물이 심장처럼 고동 소리를 내면서 게이트에서 뿜어져 나오는 마기를 모조리 빨아들이고 있었다.

"저것이 마왕이다! 막아라!"

교황이 본능적으로 저것이 마왕을 깨우는 의식임을 알아채고선 사력을 다해 명령을 내렸다.

하지만 온몸이 잘려 나가면서도 기어코 앞을 막아서는 마족들 때문에 신성 기사단의 돌진은 멈춰 버렸다.

"제길!"

코앞까지 다가왔음에도 뚫지 못하고 지켜만 봐야 하는 상황에 교황의 표정이 일그러졌다.

항상 인자한 얼굴을 하고 있는 교황의 얼굴이 완전히 일그러질 정도로 지금의 상황이 최악이었다.

바로 그때, 서부에서 출발했던 별동대가 마족들을 뚫고 게이트의 구조물을 향해 다가갔다.

선두에 선 글렌이 단숨에 검을 뽑아 들어 횡으로 베었다.

그러자 공간을 일그러뜨릴 정도로 막강한 위력이 담긴 참격이 마왕으로 추정되는 고치를 향해 날아들었다.

콰아앙!

거대한 폭음과 함께 앞을 막아선 마군단장.

황소 같은 모습을 한 그 마군단장은 두 발로 서면서 거대한 두 개의 도끼를 휘둘렀다.

"……마군단장."

글렌이 검을 움켜쥐면서 앞을 노려보았다.

그러자 황소 머리의 마군단장이 콧김을 내뿜으면서 달려들었다.

쉽게 흥분하는 성질 때문에 매번 많은 부하들을 잃어 세력은 약하나 순수 무력만큼은 마군단장 중에서도 최상위권에 속한 그의 무력은 글렌조차도 쉬이 받아 낼 수 없을 정도였다.

'시간이 끌리는군.'

글렌이 초조한 표정으로 마왕이 있는 고치를 바라보았다.

고동은 점차 빨라지고 그럴수록 마기의 파장은 더 짙어지고 있었다.

마왕이 깨어나기까지 얼마 남지 않았음을 알기에 별동대들도 희생을 감수하고 막으려 하였으나 쉽지 않았다.

황소 머리의 마군단장이 이끄는 군단은 숱한 전쟁에서도 살아남은 정예들이었기에 숫자는 소수였으나 개개인의 힘은 막강했기 때문이다.

그렇게 별동대마저 마족들에게 막히며 시간이 끌리는 동안 거치의 고동은 더 빨라졌고, 그럴수록 고치를 이루는 막이 요동치기 시작했다.

"막아야……."

"가서 막으시오!"

글렌이 초조한 마음으로 팔 하나를 내줄 각오로 돌진하려 할 때, 위에서 글렌에게 들려오는 음성과 함께 강력한 마력의 창이 마군단장을 향해 날아들었다.

쿠우웅!

"이곳은 내가 막을 테니 어서!"

마도사가 된 월크셔 공작이 하늘에서 나타나자 글렌이 황급히 고개를 끄덕이고는 고치를 향해 달려갔다.

그것을 막으려고 했던 마군단장이지만 월크셔 공작이 그의 앞을 가로막았다.

-건방진!

글렌도 아니고, 고작 마도사의 경지를 이제 막 개척하기 시작하는 마법사가 자신의 앞을 가로막자 마군단장이 분노했다.

쿵! 쿵! 쿵!

월크셔 공작을 향해 달려드는 마군단장을 막기 위해 온갖 마법들이 발현했다.

대지의 벽을 만들고 화염의 폭풍을 만들었다.

하지만 거대한 울음소리에 폭풍을 찢어발기며 두꺼운 대지의 벽은 마군단장의 도끼질 한 방에 무너져 내렸다.

'어렵군. 하지만…….'

현재 월크셔 공작의 경지로는 홀로 막기 버거운 상대.

하지만 글렌이 마왕의 고치를 찢어발길 때까지 버티는 건 가능했다. 어느새 고치에 도착한 글렌이 망설임 없이 자신의 오러를 검에 한계까지 불어 넣고 그대로 휘둘렀다.

쩌적!

마치 공간이 갈라지는 것 같은 착각이 들 정도로 막강한 힘이 고치를 베고 지나갔다.

그랜드 마스터에 이르면 완전히 공간을 가를 수 있는 검술이었으나 글렌의 경지가 부족해 잠시 동안 공간을 일그러뜨리는 데 그쳤다.

하지만 그것으로 충분했다.

두꺼운 마기의 막이 단숨에 찢겨 나가며 고치의 막을 찢어 냈기 때문이다.

"됐다!"

글렌이 그렇게 외치는 순간.

쿠웅!

강력한 마기 덩어리를 반사적으로 베어 냈으나 반발력에 의해 튕겨 나가 반대편 벽에 박혀 버린 글렌.

"쿨럭! 분명 찢었는데……."

그렇게 중얼거리며 고치가 있던 곳을 바라보자 어린아이처럼 작은 소악마가 고치가 있던 자리에 오롯이 서 있었다.

─쓸모없는 것들. 짐의 힘의 1할을 채울 때까지 버티는 것도 힘들더냐.

마왕의 말에 황소 머리의 마군단장이 월크셔 공작을 밀어내고는 마왕을 향해 머리를 박았다.

─죽여 주십시오.

─쭛! 너의 처벌은 짐의 힘이 전부 회복한 이후이다.

그렇게 말한 마왕이 월크셔 공작을 막으라는 눈짓과 함께 공중으로 날아올랐다. 그러자 글렌이 비틀거리면서 자리에서 일어났다.

─위험한 놈이구나.

아직 앳된 모습의 글렌을 보면서 어린 모습을 한 마왕이 붉은 눈을 번뜩였다.

-넌 여기서 반드시 죽어야겠구나.

글렌의 천재성을 곧바로 알아챈 마왕이 전력으로 힘을 발휘했다.

보랏빛 마기의 폭풍 속에서 수천 개의 마기 덩어리들이 글렌을 향해 날아들었다.

하나하나가 무지막지한 힘을 담고 있었지만 미친듯이 검을 휘두른 글렌이 그 모든 것을 찢어발겼다.

그러자 어린아이의 모습을 한 마왕이 직접 마기를 두 팔에 감고 달려들었다.

쿠우웅!

"마……투술."

-호오? 알고 있느냐?

만약을 대비해 카리엘이 직접 알려 준 마족들의 투술.

대부분 마족이라 하면 그들의 흑마법이 무섭다 알려져 있으나 진실은 달랐다.

대대로 마왕이 되는 이들은 육체를 극한까지 단련한 이들이 대부분.

그리고 현재의 마왕 역시 주력은 마투술이었다.

쿵! 쿵! 쿵!

-이건 예상하지 못했거늘……

마투술을 어느 정도 알고 있었는지 꿋꿋하게 막아 내면서도 마기의 침식을 오러로 완벽하게 막아 냈다.

외부의 충격보다 내부를 박살 내는 데 장점이 있는 마왕의 마투술에 완벽하게 대응하는 글렌.

그러자 오히려 위험해진 건 마왕 쪽이었다.

잠시 동안 싸우면서도 무지막지하게 성장을 하는 글렌.

이대로 더 싸운다면 글렌이 자신의 약점을 공략할 것임을 예측한 마왕이 몸을 뒤로 뺐다.

동시에 게이트와 고치에서 남은 마기를 뽑아내 거대한 마법을 만들었다.

-모두 짐을 위해 죽거라.

마왕의 명령에 근방에서 싸우고 있던 마군단장들과 마족들이 일제히 고개를 숙였다.

-마왕을 위하여!

마왕의 명에 모두가 죽을 각오를 하는 마족들을 보면서 글렌이 이를 악물었다.

전력을 다한 휘두름.

일순간 공간이 일렁이면서 마왕이 만들어 낸 거대한 구체를 갈라냈다.

그 순간 엄청난 폭발이 일어나면서 일대에 마기의 폭풍을 만들어 냈다.

북부 지역 일대를 뒤흔드는 지진과 함께 게이트가 있던 지반 자체가 폭삭 내려앉을 정도의 위력.

멀리서도 보일 그 폭발과 함께 북부의 전쟁이 끝났다.

그리고 이 소식은 곧장 카리엘에게 보고되었다.

- 마계 게이트 반파.
- 마왕은 불완전하게 깨어남.
- 주력군의 피해로 현재 북부에서 후퇴하는 중.
- 별동대 수장 글렌 치명상, 월크셔 공작 중태, 교황과 태양검 역
시 내상을 입었음.

셋으로 분할되는 대륙

마왕이 넘어오는 것을 저지하기 위한 전쟁.

결론적으로 말하면 이그니트의 패배나 다름없었다.

결국 마왕이 넘어오는 것을 막지 못했고, 불완전하게나마 마왕이 대륙으로 넘어왔으니까.

그 과정에서 정예군 다수가 죽음을 맞이했고, 앞으로의 전쟁에서 가장 중요하게 생각한 마스터급 전력들 역시 다수가 치명상을 입었다.

특히 글렌이 치명상을 입고 깨어나지 못하는 것과 월크셔 공작이 중태를 입고 사경을 헤매는 것이 컸다.

"상황이 좋진 않네."

거인의 요새에서 보고를 받은 카리엘의 표정은 굳어졌다.

그러자 그와 같이 있는 지휘관들 역시 굳은 표정으로 고개를 숙였다.

"그래도 최악은 아닙니다."

타리온의 말에 카리엘이 작게 고개를 끄덕였다.

엄청난 폭발로 정예 병력의 사상자가 엄청났지만 살아 있는 자들이 많았다.

팔다리가 날아가고, 사경을 헤매는 자들이 많았지만 살아 있다는 게 중요했다.

"팔이나 다리가 사라진 이들을 완벽하게 치료하는 게 가능하겠나?"

카리엘의 물음에 신관들이 고개를 저었다.

본래 자신의 것을 붙이는 것은 큰 문제가 없었다.

하지만 완전히 없어진 것을 다시 소생시킨 것은 다른 문제였다.

막대한 신성력을 사용하면 팔다리를 복구하는 것은 가능하다. 문제는 그렇게 생긴 팔이나 다리는 새로 생긴 것이기에 기존에 익히고 있던 모든 감각들이 거의 무효화되는 것이나 다름없다는 점이다.

"지속적으로 치료하면 일상생활에는 문제가 없겠으나……."

신관이 말끝을 흐리자 다들 한숨을 쉬었다.

중상자들이 전투에 복귀하는 건 사실상 불가능에 가까웠

다.

"정말 방법이 없나?"

"……금기된 힘을 사용하면 가능할 수도 있습니다."

한 신관의 말에 카리엘이 미소를 지으며 고개를 끄덕였다. 그러자 신관들이 움찔하며 금기된 방법을 입에 올린 신관을 노려보았다.

"어쨌든 가능할 수도 있다는 것이군. 맞나?"

"……예."

주교급 신관이 마지못해 대답을 했다.

그들이 말한 금기된 힘이란 동물이나 죽은 지 얼마 되지 않은 인간의 팔다리를 붙이는 것이다.

신성력의 힘으로 팔다리를 붙이고 강제로 힘을 불어 넣어 육체에 맞게끔 개조한다.

그들이 증오하는 흑마법사들의 실험 결과를 통해 만들어진 방법이었다. 하지만 흑마법사를 극도로 혐오하는 신관들이었기에 시간이 지나서 금기된 방법으로 봉인해 두었던 것이다.

하지만 이 방법도 한계가 있는 것이, 결국 키메라를 만들기 위한 실험에서 비롯된 방법이기에 본래 육체와의 호환에는 신경 쓰지 않았다는 점 때문이었다.

"이 방법도 한계는 있습니다. 오히려 맞지 않다면 새로 소생시킨 것보다 못한 결과가 나올 가능성이 높습니다."

주교급 신관이 금기된 방법의 문제점을 소상히 말하자 가만히 듣고 있던 카리엘이 고개를 돌려 브리온을 바라보았다.

"브리온."

"가능한 것 같습니다. 일단 새로 소생시키는 것과 금기된 방법 중 무엇이 더 나은지는 연구해 봐야 알 것 같습니다."

카리엘이 브리온을 돌아보자마자 그가 고개를 끄덕이며 답했다.

그가 오랫동안 연구한 시술과 치료 방법을 통해 과거로 복귀하게 만드는 것은 그리 어렵지 않았다.

"수준은?"

"과거의 힘을 모두 되찾는 건 장담할 수 없습니다. 그래도 계산대로 된다면 7할 이상은 복구되지 않을까 싶습니다."

"기간은?"

"최소 2년은 걸릴 겁니다."

브리온의 말에 카리엘이 그 정도면 충분하다는 듯 고개를 끄덕였다.

어찌되었든 정예 병력은 완전히 사용하지 못하는 것이 아닌 이상 의미 있는 일이었다.

"주력군에게 전해, 웨일드에서 철수하라고."

카리엘의 명령에 모두 놀란 표정을 지었다.

웨일드는 로만의 북부를 책임지는 중심지다. 그런 곳을 버린다면 향후 마족들과의 전쟁이 어려워질 수 있었다.

"폐하, 마족들과 싸우려면……."

"알아."

마족들과 싸우려면 웨일드라는 거점은 필수다.

군사적 관점으로 보자면 웨일드라는 거점을 포기하는 것은 악수였다. 하지만 카리엘이 그리는 그림으로 보자면 웨일드를 내주는 게 맞았다.

"지금 주력군을 가다듬으면 마족들을 전부 쓸어 버릴 수 있나?"

"그건……."

카리엘의 물음에 지휘관들이 대답을 피했다.

일단 피해가 너무 컸기에 추스를 시간이 필요했다. 무엇보다 이그니트의 주력군이 혼란스러운 상황을 이용해 로만이 아래에서 도발을 하고 있었다.

"당장 마족들과 싸울 수도 없는데 보급선만 길어지는 건 문제야."

"폐하, 웨일드에 철수한다면 또 다른 문제가 있습니다."

한 지휘관의 말에 다른 지휘관들이 고개를 끄덕였다.

"마족들과 로만이 본격적으로 동맹을 맺을 수 있습니다."

"맞습니다. 마족들과 로만이 이어진다면 앞으로 전황은 더 어려워질 겁니다."

"동부 쪽 연합군 역시 상황이 어려워질 것입니다."

지휘관들의 말에 카리엘이 이해한다는 듯 고개를 끄덕였

다.

　현재 로만 북부는 동부 연합군과 이그니트가 로만과 마족들이 이어지는 것을 가로막고 있었다.

　그런 상황에서 웨일드를 포기하는 순간 동부 연합군 쪽이 엄청난 타격을 입을 것이다.

　"동부 연합군은 곧 남부로 복귀할 거야. 동쪽 점령지 역시 포기해야겠지."

　카리엘의 말에 이해가 안 된다는 듯 지휘관들이 고개를 갸웃거렸다.

　그런 그들을 위해 카리엘은 비밀 수호대가 보낸 정보를 그들에게 보여 주었다.

　-산드리아 주요 부족들이 로만의 깃발을 들고 움직임.
　-동부 연합군이 위험함.

　"이건……."
　"허……."
　마침내 산드리아가 움직였다.

　그것도 대놓고 로만과 동맹을 드러내는 행동을 하면서 서쪽으로 진군하고 있었다.

　이 상태라면 동부 연합군이 분열되는 것은 물론이고, 북쪽의 유목 민족들 역시 전부 죽고 말 것이다.

"이제 이 상태를 유지하는 건 불가능하다."

카리엘의 말에 지휘관들이 무겁게 고개를 끄덕였다.

'이래서 산드리아가 움직이기 전에 마족들을 끝내려 했건
만……'

마족들을 끝내고 로만에 집중하며 동부 국가들의 연합군
이 산드리아를 막게끔 하는 것.

그것이 카리엘이 세운 계획이었다.

스스로 위험까지 감수하고 전쟁에 뛰어들었음에도 결국
마족들을 끝내지 못했다. 그렇다는 건 그가 기존에 세운 계
획을 수정할 필요가 있다는 뜻이다.

"3분할로 간다."

그렇게 말한 카리엘이 자신의 계획서를 테이블 중앙에 놓
았다.

북부와 북동부-마족

↑   ↑

서부와 남부-인류연맹 ↔ 중앙과 동부-로만

이 계획을 본 지휘관들이 의아한 표정을 지었다.

"마족들이 로만과 적대 관계가 되겠습니까?"

한 지휘관의 물음에 카리엘이 그동안 조사한 것들을 보여
주었다.

얼핏 로만과 마족은 동맹 관계처럼 보이지만 철저히 자신들의 이익에 따라 일시적으로 손을 잡은 것에 불과했다.

그들의 주 관심사는 '지옥문'이었다.

지옥문이 있을 가능성이 높은 지역은 산드리아의 사막지대.

그중에서도 아무도 살지 않는 몇몇 지역이 후보였다.

"만약 우리가 서부와 남부를 중심으로 걸어 잠근다면 어떻게 될까?"

이그니트가 지옥문을 먼저 찾는 것을 포기한다면 남은 것은 마족과 로만의 싸움이 될 가능성이 높다.

그렇게 돼도 과연 둘이 여전히 동맹 관계를 유지할 수 있을까?

이미 로만과 마족이 끈끈한 사이가 아니라는 것은 이번 전쟁을 통해 드러났다.

정말로 마족을 도우려 했다면 도발만 하는 게 아니라 사력을 다해 이그니트의 요새들을 쳤을 것이다.

하지만 로만은 마족이 빠르게 밀리지 않을 만큼만 견제하고선 엄청난 피해를 입는 동안에도 가만히 구경만 했다.

거기서 카리엘은 확신을 얻었다.

'로만과 마족의 동맹은 우리가 빠지는 순간 적대 관계가 된다.'

설사 동맹이 유지된다고 하더라도 당장 이그니트와 인류

연맹을 본격으로 치는 것은 불가능할 것이다. 주요 요새를 중심으로 강력한 방어선을 만들 것이기 때문이다.

"북부 유목 민족은 어떻게 하실 생각입니까?"

"데려와야지."

카리엘이 당연하다는 듯 답했다.

북부 통일의 꿈을 꾸었던 골란의 족장 역시 현 상황에서는 그게 불가능함을 잘 알고 있었다.

직접 마왕의 강함을 목격하고, 산드리아의 대군이 몰려오고 있다는 소식을 들으면 결국 결정을 내릴 수밖에 없을 것이다.

"동부 연합군이 있는 동안 북쪽의 유목 민족을 남쪽으로 내려보낸다."

대부분이 말을 타고 생활하는 민족이니 빠르게 남쪽으로 내려가는 것에는 큰 문제가 없었다.

그렇게 그들이 남부로 내려가면 동부 연합군 역시 남쪽으로 후퇴할 것이다.

"이렇게 걸어 잠근 전력이 회복될 때까지 기다리는 것입니까?"

타리온의 물음에 카리엘이 고개를 저었다.

"산드리아에도 이번 결정에 불만이 있는 부족들이 있어. 그들을 포섭해야지."

그렇게 말한 카리엘이 동대륙의 지도에서 산드리아 지역

일부에 인류연맹의 깃발을 꽂았다.

대충 10여 개의 오아시스가 있는 지역에 깃발을 꽂았다.

전부 현 산드리아 황제에 대한 불만이 있는 부족들이었으며 자체적으로 요새를 갖고 있는 부족들이었다.

"이들을 중심으로 근방의 부족들을 규합한다."

남동부 일대까지 집어삼킨 인류연맹의 크기는 상당했다.

로만과 산드리아가 손잡으면서 광활한 크기의 동맹이 만들어졌으니 서대륙을 통일한 이그니트와 남부 일대의 동대륙 국가들의 연합 역시 굉장히 컸다.

그리고 그에 준할 만큼 혹한의 땅을 점령한 마족들의 땅역시 컸다.

"대륙 전체를 놓고 보면 비슷비슷하군요."

타리온의 말에 다들 고개를 끄덕였다.

"만약 정말로 지옥문을 찾는 게 주된 목적이라면……."

산드리아와 손잡은 로만을 마족들이 과연 가만히 놔둘까?

어떻게든 북부를 통해 동진하면서 산드리아의 사막지대에 개입하려 할 것이 분명했다.

"분쟁 지역은 이쪽이 될 가능성이 높지."

산드리아의 사막지대 중 가장 험한 지대.

유목 민족과 산드리아의 분쟁 지역으로 유명한 죽음의 대지.

이번 사태로 유목 민족들이 전부 남쪽으로 빠져 버린다면 완전히 비어 버린 땅이 될 터.

산드리아가 본격적으로 이곳을 조사할 게 뻔했다.

그리고 마족들은 이것을 가만 두고 보지 않을 것이다.

"그래도 우리가 있는데 둘이 크게 싸울 것 같지는 않습니다."

"그렇겠지."

타리온의 말에 카리엘이 고개를 끄덕였다.

"진짜 싸움은 '지옥문'이 드러날 때. 바로 그때겠지."

지옥문이 나타나면 마족들과 로만이 사력을 다해 싸울 것이고, 바로 그때가 인류연맹이 움직일 타이밍이었다.

"길게 봐야 돼. 이미 싸움은 장기전이 되었어."

그렇게 말한 카리엘이 지휘관들을 향해 명했다.

"발론까지 후퇴하라고 해. 거인의 요새에서 발론까지가 우리의 영역이다. 남은 병력은 이곳에서 남부 왕국 길을 뚫어."

"예!"

카리엘의 명령에 모든 이들이 고개를 숙이고는 물러났다.

큰 그림을 그려 줬으니 남은 것은 실무자들이 할 일.

카리엘이 명을 내리기 무섭게 이그니트의 주력군이 후퇴를 준비했다. 동시에 각 동맹국에 현 상황을 알리고 양해를 구했다.

산드리아가 로만의 편에 섰으니 다른 동맹국들도 현 상황을 유지시키기 어렵다는 것은 인지했다.

문제는 골란을 중심으로 뭉친 유목 민족이었다.

"이곳을 버릴 수는 없습니다!"

"우리의 터전을 버리다니요!"

이그니트의 제안에 반대하는 이들.

"하지만 마족들을 막을 수 있습니까?"

"무엇보다 동부 연합군이 물러나면 로만과 산드리아에 포위됩니다! 고립되어 다 죽을 것입니까?"

이그니트의 제안에 찬성하는 이들.

이 둘이 격렬하게 싸우는 걸 보면서 골란의 족장은 고심에 빠졌다.

그러다가 다른 족장들을 보며 물었다.

"지금 우리의 힘으로 살아남을 확률이 얼마나 되지?"

그의 물음에 모든 족장이 입을 다물었다.

이번 북부 전쟁에서 그들이 보았던 광경은 경악을 금치 못할 만큼 강력했다.

마족들의 힘은 마스터라 불리는 이들조차 고전을 면치 못할 만큼 강력했으며 개개인의 힘들 또한 기사단을 무너뜨릴 정도로 강했다.

그런 이들이 마계 게이트를 통해 계속해 넘어올 것이다.

현재 유목 민족 중 가장 강하다는 바투조차 마스터의 경지는 아직 요원했다.

'감은 잡았다. 하지만……'

바투가 그렇게 생각하며 주먹을 불끈 쥐었지만 냉정히 말해서 이 상태가 언제까지 지속될지 알 수 없다.

어쩌면 이 미묘한 감각을 평생 쫓다가 눈을 감을지도 모를 일이다.

반면에 마스터급 강자로 알려진 마계 군단장들은 점점 더 숫자가 늘어날 것이다.

"……이곳을 버린다."

바투의 결정에 모든 족장들이 눈을 커다랗게 떴다.

그가 결정하자마자 반대파가 곧바로 자리에서 일어났다. 분개하는 그들을 향해 바투가 말했다.

"그래서 항전하면 우리들이 살 수 있나?"

"그건……."

"마족들만이 문제가 아니다. 로만과 산드리아까지 우리를 노릴 것이다. 지금처럼 이그니트가 우리를 도울 수 있을까? 아니면 남부 왕국들이?"

바투의 물음에 다들 무거운 표정으로 고개를 숙였다.

그들도 잘 알았다.

이곳에 남으면 모두가 죽을 것임을…….

그래서 자신들의 미래인 아이들과 여인들을 남쪽으로 먼저 보내는 작업을 시작한 것이다.

미래는 그들에게 맡기면 된다 생각했다.

적어도 자신들은 이곳에 남아서 위대한 민족이 이곳을 지배했었음을 알려야 한다고 생각했다.

조상들이 지켜 온 곳을 마지막까지 지켜 한 점 부끄러움 없이 죽을 생각을 했다.

"미래는 거저 얻어지는 것이 아니다. 아이들만으로 이곳을 되찾을 수 있을까?"

바투의 물음에 다들 입을 다물었다.

"우리는 위대한 민족이기 전에 인간이다."

"인간……."

족장들이 인간이라는 단어에 생각에 잠겼다.

"인류를 위해 같이 싸우는 것이 부끄러운가?"

"하지만 이곳을 버리는 것은……."

"저 강대한 이그니트조차 미래를 위해 후퇴를 결정했다. 그런데 우리가 잠시 후퇴하는 게 뭐가 문제지?"

동대륙 서대륙을 통틀어서 최강의 국가라고 알려진 이그니트조차 미래를 위해 점령지를 일부 내주고 단속에 들어갔다.

서대륙을 통일한 국가조차 미래를 위해 자존심을 접어 두는 판국에 민족들을 통일조차 못한 지금의 자신들이 자존심을 내세울 때일까?

그렇게 생각한 족장들이 하나둘 생각에 잠겼다.

바투는 그런 그들을 탓하지 않고 가만히 기다려 주었다.

"……찬성하지요."

반대했던 족장이 결국 찬성표를 던지자 다른 이들도 하나둘 찬성표를 던졌다.

그러자 마지막 한 사람만 남았다.

모두가 그를 바라볼 때, 그가 바투를 향해 물었다.

"이것 하나만 약속해 주시면 찬성하지요."

"무엇이지?"

"언젠가…… 모든 전쟁이 끝나면 어떤 희생을 치르더라도 이곳에 돌아올 것입니까?"

그의 물음에 바투가 당연하다는 듯 고개를 끄덕였다.

"물론. 고향을 버린 전사는 방랑하다 홀로 쓰러지는 법. 우린 잠시 여행을 떠나는 것뿐이다."

바투의 말에 작게 고개를 끄덕인 족장이 일어나 한쪽 무릎을 꿇고 자신의 검을 두 손으로 들어 바투에게 건넸다.

"……자네."

"제 식구들을 반드시 고향으로 돌려보내 주십시오."

족장의 말에 바투의 두 눈에 물기가 어렸다.

붉게 충혈된 눈으로 한참을 족장이 건넨 검을 바라보던 바투가 어렵게 그 검을 집어 들었다.

"반드시 그리하지."

바투가 거대 세력 중 하나를 집어삼키는 모습을 보자 또 하나의 족장이 자신의 검을 바쳤다.

그렇게 하나둘 자신의 부족을 골란 부족의 소속으로 들어가자 마지막까지 눈치를 보던 족장들도 한숨을 쉬면서 자신들을 검을 바투에게 건넸다.

골란을 제외한 가장 큰 부족장이 가장 먼저 스스로 바투의 아래로 들어갔다.

거기다 대다수의 부족들이 바투 아래 들어가기로 결정한 이상 더 버티는 건 의미가 없었다.

마지막으로 그들 역시 남부로 내려가는 입장에서 무시당하고 싶지 않은 마음이 컸다.

'언제까지 분열된 민족으로 있을 수는 없지.'

'비록 나는 아니지만 우리 민족의 대표라도……'

터전을 버리는 굴욕적인 상황에서 각국의 국왕들에 꿀리지 않는 지도자를 만드는 것. 그것이 현재 자신들이 할 수 있는 몇 안 되는 일 중 하나였다.

"모두 고맙다. 반드시 모든 부족들을 데리고 이곳으로 돌아오겠다. 그러니 나를 믿고 조금만 버텨 다오."

그렇게 말하면서 족장들을 향해 고개를 숙인 바투.

그런 그의 모습에 족장들이 그의 의지를 확인했다는 뜻으로 허리를 굽혔다.

⁕

유목 민족의 새로운 왕의 탄생.

그리고 모든 유목 민족들이 남부로 떠날 것이라는 결정이 내려진 후, 상황은 빠르게 흘러갔다.

일단 북쪽에 있는 모든 유목 민족이 동부를 통해 남하하기 시작하면서 남아 있던 동부 연합군에 힘을 보탰다.

그러자 파죽지세로 서진하던 산드리아의 부대가 정지했다.

"대단하군."

황좌에 앉은 로만의 황제가 빙그레 웃었다.

기어코 마왕을 힘의 1할도 가지고 나오지 못하게 만든 것도 모자라서 고사시킬 수 있는 유목 민족들과 동부 연합군마저 전력을 온전히 지킨 채 후퇴시키려 하고 있었다.

"삼분이라……."

단번에 카리엘의 의도를 파악한 로만의 황제가 피식 웃었다.

사실 둘이 힘을 합한 것만으로 산드리아의 전력을 온전히 막아 내는 것은 불가능했다.

그런데도 산드리아가 진군을 멈춘 데에는 이유가 있었다.

"산드리아의 후방을 어지럽힌다라……. 마족들 역시 폭발로 피해를 입어 쉽사리 움직이기 힘들 터."

이그니트의 온전한 병력과 남부의 병력으로 로만을 견제하면서 발을 묶고, 그사이 산드리아에서 황제에 반기를 든 부족들을 규합해 어지럽힌다.

그리고 그들로 인해 잠시 정신 팔린 사이 동부 연합군과 유목 민족들이 대거 남부로 이동을 시작했다.

산드리아 입장에선 남부로 이동하는 취약한 시점을 공략하기도 힘든 것이 잘못 건드렸다가 양방향으로 공격받을 수 있었기 때문에 쉬이 움직이지 못했다.

동부 연합군을 치는 동안 산드리아의 반군이 뒤를 친다면?

아무리 군대가 강하다 한들 2개의 전선을 유지하는 건 어려운 일이었다.

서대륙의 압도적인 군사력을 갖고 있던 이그니트조차 다 죽어 가는 남부 왕국들과 성국을 동시에 공격해 2개의 전선을 유지하느라 얼마나 힘들었는가.

이그니트조차 그러할진대 완벽한 중앙집권 국가도 아닌 산드리아 입장에선 더 어려울 수밖에 없었다.

-유목 민족! 골란 부족을 중심으로 하나로 뭉치다!

-북부 민족들이 일제히 남하 시작. 인류연맹 아래 전쟁을 시작할 것을 천명!

-지옥과 손잡은 산드리아. 내부에서 반기를 든 부족들이 인류연맹 아래로 들어올 것을 제안.

순식간에 여러 기사들이 터져 나오기 시작하면서 로만 내부 역시 어지러워졌다.

그동안 눈치만 봐 오던 로만 내부의 귀족들 중에 몰래 인류연맹으로 넘어가는 이들이 늘기 시작한 것이다.

"아무리 봐도 이건 아니야."

"우린 인간이라고."

로만 내부에서 현 황제를 미친놈 취급하면서 몰래 빠져나가는 이들이 늘었고, 이그니트는 로만의 영토를 야금야금 먹어 가면서 남부 연합과 영토가 맞닿은 곳까지 진군했다.

그러자 로만에서 탈출하는 이들이 두 방향으로 빠져나가기 시작했다.

감시가 강화된 남쪽보다 동쪽과 서쪽으로 나누어 탈출 루트를 만든 것이다.

이것을 단속하기도 쉽지 않은 게, 그림자들이 탈출하려는 이들을 도우면서 암살하려는 검은 달을 견제했기 때문이다.

로만조차 내부를 단속하지 못하는데 산드리아라고 멀쩡할 리 없었다.

비밀 수호대와 남부 쪽 국가들의 첩자들이 활개 치면서 반군으로 합류하는 부족들을 도왔다.

결국 이그니트와 마족들이 큰 피해를 입은 이 절호의 상황 속에서 로만은 내부 단속만 해야 하는 지경이 되었다.

"전력을 다해 배신자 새끼들을 처단하겠습니다."

"놔두어라."

로만의 황제는 조국을 배신한 이들이 상관없다는 듯 웃었다.

검은 달의 수장이 분개하며 말했지만 사실 로만 역시 사정이 좋지 않았다. 겉으로는 좋아 보이지만 광활한 영토 상당수를 빼앗기는 것만으로도 모자라 병력 역시 엄청난 손실을 입었기 때문이다.

"우리한테도 시간은 필요할 터. 지금은 그냥 놔두도록."

황제의 명령에 검은 달의 수장이 말없이 고개를 숙였다.

서로에게 시간이 필요했고, 로만의 황제는 이그니트의 제안을 받아들였다.

지금 그들에게 중요한 것은 산드리아와 함께 동대륙 중앙 지역을 완전히 자신들의 것으로 만드는 것이었다.

그렇게 황제의 명령으로 로만이 가만히 남부로 피난하는 이들을 놔두면서 전쟁은 잠시 소강상태에 접어들었다.

하지만 그것도 얼마가지 않았다.

"폐하! 마족들이 움직였습니다."

"비어 있는 북부를 먹으려는 것이겠지."

타리온의 보고에 카리엘이 예상했다는 듯 고개를 끄덕였다.

유목 민족이 빠져나가 텅 비어 버린 북부를 놔두는 것은 머저리 같은 짓이었다. 비록 마족들 역시 큰 피해를 입었지만 북부를 점령할 여력은 되었기 때문이다.

로만과 산드리아가 아직 완전히 남부로 빠져나가지 못한 동부 연합군과 유목 민족 때문에 잠자코 있는 동안 마족들은 최대한 넓은 영토를 확보하기 위해 움직였다.

-북부를 마족들에게 그냥 주는 것. 과연 이 결정이 옳은 것일까?
-이그니트 제국, 큰 피해를 입었다고는 하지만 너무 사리는 것은
아닐까?

마족들이 동대륙의 북부를 차지하게 두는 이 결정에 많은
학자들의 의견이 분분했다.
과연 이 결정이 나중에 후폭풍이 되어 돌아오지는 않을지
걱정하는 것이다.
어떤 학자들은 어쩔 수 없는 결정이라고는 했지만, 후일을
위해 최대한 마족들을 억제했어야 한다는 학자들의 주장도
있었다.
결국 어떤 것이 맞는지는 시간이 지나야 알 수 있는 법.

-삼분된 대륙.

조간신문을 펼쳐 든 카리엘이 작게 한숨을 쉬었다.
지도에는 카리엘이 그렸던 것처럼 마족과 로만, 이그니트
의 세력권이 그려져 있었다.

사실 이번 결정으로 이그니트 내에서도 의견이 분분했다.

　충성도가 높은 이그니트조차 이러니 다른 국가들은 더 심할 터.

　그럼에도 불구하고 카리엘이 개인적으로 평가하기엔 썩 나쁘지 않은 결과였다.

　"시간을 벌었으니 되었다."

　그렇게 중얼거린 카리엘이 창밖을 바라보았다.

　거인의 요새에 모인 기사들이 여기저기서 훈련하고 있는 모습이 보였다.

　이그니트의 동대륙 최대 거점인 요새답게 기존보다 훨씬 확장된 요새에는 온갖 사람들이 모여 있었다.

　게다가 거인의 협곡을 통해 철도까지 연결할 생각을 하고 있었다.

　비록 마족들에게 북부 지역을 내주게 되었지만 그 시간 동안 이그니트는 좀 더 완벽한 보급선을 갖추게 되는 셈이다.

　거기다 이번 전쟁으로 부상을 입은 기사들과 병사들이 다시금 전선에 복귀하는 데 시간이 필요하기도 했다.

　하지만 이것들은 전부 부차적인 문제였다.

　"……글렌."

　카리엘이 기다리는 것은 바로 글렌이었다.

　전생에 제국을 구원한 최강의 기사.

　그가 다시 부활하는 것뿐이다. 치명상을 입어 생사가 오락

가락한 상황이었지만, 오히려 그것이 복으로 다가왔다.

"그랜드 마스터……."

마왕이 마지막에 보인 한 수.

그것으로 인해 겨우 넘어온 마왕이 다시금 잠에 들어야 할 정도로 막강한 일격은 글렌에게 큰 충격으로 다가온 것 같았다.

그리고 마지막 순간, 그 힘을 조금이나마 베어 내면서 뭔가를 깨달은 것 같았다.

만약 이 깨달음이 다음 단계로 향하는 길이 되어만 준다면 북부에서의 패배는 하나도 아쉽지 않았다.

"폐하, 들어가도 되겠습니까?"

"들어와."

시종장의 물음에 들어오라는 명령과 함께 상념에서 깨어났다.

"그래. 윌크셔 공작은 어때?"

"다행히 정신적으로 문제는 없사옵니다. 다만 폭발로 잃은 왼팔을 소생시킨 탓에 익숙해지는 데 시간이 필요할 것 같습니다."

"내상은?"

"그쪽 역시 심각하옵니다. 마나 회로가 전반적으로 망가져 복구하는 데 많은 시간이 소요될 것으로 보입니다."

시종장의 말에 카리엘은 작게 한숨을 쉬었다.

어쩌면 다시 전쟁이 시작할 때까지 월크셔 공작이 회복하지 못할 수도 있다는 소리였다.

"그래도 살았으니 되었다."

마도사의 쓰임새는 단순히 무력뿐만이 아니었다. 그의 마법에 관한 이해도와 마나를 읽어 내는 눈은 제국에 다양한 방법으로 도움이 되었다.

"괜히 급하게 움직일 생각 말고 회복에만 전념하라고 해. 시간은 많으니까."

"그리 전하겠습니다."

허리를 굽히며 대답한 시종장이 조용히 집무실을 나갔다.

몸이 어느 정도 회복한 글렌이 폐관 수련에 들어갔고, 월크셔 공작은 회복을, 남은 마스터들 역시 부족한 무력을 증진시키기 위해 각자의 방식으로 수련에 들어갔다.

그리고 카리엘 역시 폐관 수련에 들어갔다. 앞으로의 싸움에서 자신의 힘이 얼마나 큰 힘을 발휘하는지 이번 전쟁으로 느꼈기에 모든 것을 제쳐 두고 무력을 키우는 데 집중한 것이다.

＊＊＊

그렇게 이그니트가 조용히 내실을 다지면서 힘을 키울 때, 북부를 평정하다시피 한 마족과 로만&산드리아 연합의 마찰

이 시작되었다.

그 시작은 북동부에서였다.

카리엘이 태어난 지 스무 해가 넘어가는 시점.

전생에 황제가 되었던 이 시기에 대륙의 판도를 가를 대전
쟁이 시작하려 했다.

시작되려 하는 전쟁

불편한 평화.

대전쟁을 앞둔 시기에 짧은 평화의 시기가 도래했고, 모든 이들은 이 평화가 언제 깨질지 불안해했다.

하지만 빨리 깨질 것이라는 예상과 달리 불편한 평화는 상당히 오래 지속되었다.

평화로운 시기와 달리 마족들은 비어 있는 북부를 빠르게 점령했고, 로만이나 중앙 지역에서 도망쳐 나온 이들을 마인으로 만들면서 빠르게 성장했다.

로만 역시 산드리아와 중앙 지역을 평정하면서 엄청난 성장을 이뤄 냈다.

한때 동대륙 최강에서 멸망 직전까지 갔던 로만이 다시금 과거의 성세를 되찾은 것이다.

남부 지역 역시 활발했다.

많은 인구수를 바탕으로 해상 무역 규모를 몇 배나 키워내면서 엄청난 성장세를 이룩했다. 거기다 이그니트로부터 들어오는 신문물은 그들의 발전을 더욱 가속화했다.

이그니트 역시 엄청난 성장을 이룩했다. 인류연맹의 성장을 견인하는 것이 바로 이그니트였기 때문이다.

-새로운 엔진 개발!

-한층 발전된 비공선 개발!

-마도구 생산 기존의 10배 이상 확대!

서대륙 내에서는 발전을 거듭하면서 엄청난 성장을 이룩하고 있는 것과 달리 동대륙으로 넘어온 황제와 마스터들의 소식은 조용했다.

이것이 왜 문제가 되느냐면.

-새로운 마군단장 등장!

-로만, 새로운 마스터 탄생! 2개의 힘을 자유자재로 사용하는 검은 달의 수장.

-골란의 왕, 마침내 벽을 깨고 마스터로!

-윙사르 국왕, 마법검을 통해 기존보다 더 강한 무력을?

-산드리아의 숨겨 둔 마스터, 사막의 검과 대지의 술법사 등장!

이것뿐만이 아니었다.

6단계에 들어선 무인들도 심심찮게 발표되었고, 대륙 전체가 새로운 발표 소식을 하나로 묶어 대륙 100대 무인을 선정하기도 했다.

문제는 나날이 늘어 가는 타국의 강한 무인들에 비해 이그니트는 변화가 없다는 점이다.

어떤 이들은 이그니트가 입었던 피해가 생각보다 컸던 것이 아닌가 하는 의심을 하기도 했다.

그리고 이 의심은 시간이 지날수록 커졌다.

그런 상황 속에서 마침내 내실을 다지던 로만이 움직이기 시작했다.

-북동부에서 충돌한 로만과 마족. 대체 그곳에 무엇이 있길래?

상식적으로 봐선 이해가 가지 않는 곳.

풀 한 포기 자라기 어려운 험지를 가지기 위해서 마족과 로만이 충돌했다. 이제껏 그 지역을 두고 눈치만 보던 이들이 갑자기 그 지역으로 군대를 보내기 시작한 것이다.

그리고 이 소식은 폐관 수련 중이던 카리엘의 귀에도 들어갔다.

"마침내 시작인가?"

그렇게 중얼거린 카리엘이 시종장을 바라보며 물었다.

"지옥문을 찾은 것 같아?"

"그건 아닌 듯싶습니다."

"아직은 흔적만 발견한 건가?"

카리엘이 그렇게 중얼거리면서 시종장이 건넨 보고서를 살펴보았다.

-죽음의 땅.

1. 북부의 설원과 남부의 사막지대를 가로지르는 고산지대.

2. 몇몇 곳에 거대한 분지가 형성되어 있음. (신화시대 대전투가 일어났던 지역으로 추정.)

3. 고원 곳곳에 수상한 힘이 잠들어 있음. (지옥과 관련된 힘일 가능성이 큼.)

4. 마나 역류 현상과 괴이한 자연현상으로 진입이 어려움.

시종장이 건네준 보고서를 토대로 보자면 죽음의 땅은 일반적인 존재들은 진입 자체가 어려울 정도의 땅이었다.

하지만 이건 로만의 북부 역시 마찬가지였다.

신화시대의 흔적으로 추정되는 지역과 괴이한 힘이 남아 있는 곳이 다수 있었다.

'결론은 꽝이었지.'

북부를 점령할 당시 비밀 수호대를 통해 알아본 결과 신화 시대에 위대한 경지를 이룩했던 자들의 힘의 잔재가 남아 있는 것뿐이었다.

마족 역시 이를 알았는지 처음에 이그니트가 물러나고 나서, 옛 로만의 북부 지역을 이 잡듯 뒤졌다.

그리고 얼마 후, 죽음의 땅 인근까지 미친 듯이 진군했다.

그에 발맞춰 산드리아 역시 죽음의 땅 인근에 대군을 집결시켰다. 그렇게 지낸 지가 몇 년째.

"3년이라……. 예상했던 것보다 평화가 오래 지속되기는 했지."

그렇게 말한 카리엘은 피식 웃었다.

아이러니한 게 전생에 자신이 황제가 되었던 시기와 맞물려 대전쟁이 시작되려 하고 있었다.

"늦어도 이쯤엔 황제 자리를 물려주고 튀려 했는데…… 어렵게 됐네."

카리엘의 중얼거림에 시종장이 쓴웃음을 지었다.

"……언젠간 이루실 수 있을 것이옵니다."

"그랬으면 좋겠네."

시종장의 말에 피식 웃은 카리엘이 자리에서 일어났다.

"그동안 너무 숙이고 있었더니 온몸이 뭉쳐 있어. 이제 슬슬 제국도 움직일 준비를 해야겠다."

그렇게 말한 카리엘은 시종장과 함께 수련장을 빠져나갔다.

거인의 요새에서 얌전히 수련만 하던 카리엘이 마침내 밖으로 나왔다.

그것으로 모자라 두 동생들에게만 맡겨 두었던 제국의 수도에 직접 찾아가기 위해 비공선에 몸을 실었다.

"요새에 계속 계실 줄 알았습니다만."

"앞으로 이어질 전쟁 전에 마지막 점검은 해야지."

타리온의 물음에 카리엘이 웃으면서 말했다.

"근데 용케 아켈리오 경을 설득했네?"

"저도 마스터니까요."

황궁 기사단장으로서 기어코 따라가려고 하는 아켈리오를 설득한 타리온이었다.

현재 아켈리오는 최근 무언가 실마리를 얻어 수련 중이었다. 그렇기에 그런 그를 방해하고 싶지 않았다.

대전쟁을 앞둔 지금 조금이라도 실력이 상승할 수 있는 기회를 별거 아닌 이유로 저버리게 할 순 없었다.

"폐하, 곧 도착이옵니다."

"벌써? 빠르네?"

정거장 몇 개는 더 들러야 할 줄 알았는데 생각보다 빠르게 도착하자 의외라는 표정을 지은 카리엘.

"출력이 얼마나 높아진 거야?"

카리엘이 알던 비공선과는 차원이 다른 속도에 혀를 내둘렀다.

그동안 받던 보고서에는 대충 출력이 얼마만큼 늘어났고, 기존 구조에 비해 저항이 덜 먹는다 등등 어려운 용어만 써 있어서 그런갑다 하고 넘어갔었다.

그런데 막상 타 보니 체감이 확 되었다.

"열차의 속도도 훨씬 빨라졌습니다."

타리온의 말에 카리엘이 웃으며 고개를 끄덕였다.

"확실히 발전한 게 보이네."

아래에 보이는 수도의 전경에 카리엘이 미소를 지었다.

여전히 고풍스러운 건물들이 남아 있기는 하지만, 곳곳에 고층 빌딩들이 자리하고, 마탑과 같은 높은 건물들과 그 주위로 모여든 수많은 공방이 보였다.

수도의 인근에는 엄청난 숫자의 공장들이 들어선 것도 보였다.

"외부의 위협이 없으니 미친 듯이 확장하는군."

더 이상 서대륙에 이그니트를 위협할 적이 없으니 수도 외부에 주요 건물들이 엄청나게 늘어나 있었다.

보고만 받던 것과 달리 직접 보니 이그니트가 지난 3년간 어떤 변화를 겪었는지 한눈에 알 수 있을 정도가 되었다.

카리엘을 태운 비공선이 수도에 내려선 이후에도 놀라움은 계속되었다.

연이서 전쟁이 있었다는 것을 알기 어려울 정도로 제국민들의 생활수준이 엄청나게 올라가 있는 것을 확인할 수 있었기 때문이다.

"남부에서 들여온 고급 옷감을 입은 제국민들이 많아졌네."

그렇게 중얼거린 카리엘이 피식 웃었다.

한때는 귀족들만의 전유물이나 다름없던 장식품, 옷감 등이 이제는 부유한 제국민들 대다수가 착용할 수 있는 시대가 되었다.

그토록 막고자 했던 귀족들의 권한 역시 이제는 상당 부분 제국민들에게 넘어갔다는 것을 느낄 수 있을 정도로 자유로워지기도 했다.

"폐하를 뵙습니다!"

황궁 앞에 도착하자 대신들과 두 동생들이 카리엘에게 예를 올렸다.

실로 오랜만에 황궁에 돌아온 카리엘을 환영하기 위해 거의 모든 관료들이 몰려온 것 같았다.

"다들 바쁜데 이러지 말고 들어가. 대신들은 나와 같이 회의장으로 가지."

그렇게 말한 카리엘이 두 동생들과 대신들을 데리고 곧바로 회의장으로 향했다. 황궁으로 돌아온 걸 기념해서 쉬어도 될 법했지만 상황이 좋지 못했다.

"마침내 로만과 마족들이 움직였다."

회의장에 도착하자마자 입을 연 카리엘이 대신들을 바라

보았다.

"어쩌면 이 회의가 나를 보는 마지막 순간이 될 수도 있다."

카리엘의 말에 회의장 분위기가 급격하게 어두워지기 시작했다.

"……폐하."

재상이 뭔가 말하려 했지만 카리엘이 손을 들어 제지하고는 고개를 저었다.

"어쩌면 마지막이 될 수도 있는데 언제까지 황위를 어정쩡하게 놔둘 수는 없겠지."

카리엘의 말에 대신들과 두 동생들의 눈동자가 커졌다.

"폐하! 폐하께서 아직 젊으신데……."

"차라리 혼인을 하십시오!"

두 동생들이 강하게 반발하면서 카리엘을 만류하려 했다.

그건 다른 대신들 역시 마찬가지였다.

사실 평화의 시기가 계속되는 동안 대신들이 몇 차례나 요구했던 게 바로 혼인이었다.

하지만 카리엘은 거절했다.

전쟁이 시작되는 순간 카리엘은 최전선에 서야 했다.

만약 자신이 죽는다면 태어난 지 몇 년 되지도 않은 아이가 황제가 될 수도 있었다. 그럴 바에 아예 혼인을 하지 않는 편이 낫다고 생각했다.

'나의 혼인은 살아 돌아온다면 그 이후에 하겠다!'

틈만 나면 재촉하는 대신들에게 이렇게 말해 놓은 상태였고, 그 상황이 지금까지 이어진 것이다.

그렇다고 언제까지 차기 황위를 불안하게 둘 수는 없었다.

"폐하, 이참에 혼인을 하고 가시지요."

"결혼식이 꼭 거창할 필요가 있습니까?"

"맞습니다. 후보도 많습니다. 공국의 공녀와 아이론 맹주의 여동생 역시 괜찮습니다."

대신들의 말에 카리엘이 쓴웃음을 짓다가 고개를 가로저었다.

"차기 황위는 루피엘 네가 맡는다."

카리엘의 말에 루피엘의 동공이 떨리기 시작했다.

"그리고 세리엘, 넌 혹시라도 내가 죽을 시 거인의 요새로 넘어와 군대를 총괄해라. 마족들과 지옥의 괴물들이 서대륙으로 넘어오지 않게 막아야 한다."

카리엘의 말에 세리엘의 표정 역시 어두워졌다.

언제라도 죽을 수 있는 것처럼 말하는 자신의 형을 보면서 한숨을 쉬었다.

"부담스러우면 몇 년 버티다가 미리엘에게 넘겨라."

부담스러워하는 루피엘을 보면서 카리엘이 말했다.

카리엘이 떠날 때만 하더라도 어린 소녀에 불과했던 미리엘이었다. 그런 그녀가 그 어린 나이에 황궁의 예산을 총괄하면서 빠르게 성장했고, 지금은 조금이지만 재무부의 일까지 돕고 있었다.

몇 년만 더 이대로 성장한다면 미리엘은 카리엘 못지않은 존재가 될 것이다.

"꼭 직접 나서셔야 하는 것이옵니까?"

아직까지도 은퇴하지 못한 재상 윈스턴이 카리엘을 보며 물었다.

진즉에 루터에 물려주고 은퇴하고 싶었지만 상황이 은퇴할 틈을 주지 않았다. 그렇기에 골골대면서도 자리를 지키고 있는 윈스턴을 보며 피식 웃은 카리엘이 말했다.

"내 힘은 충분히 증명했을 터."

"하오나……."

"내가 여기서 이 자리를 지키고 있는 것보다 지옥의 군대를 쓸어 버리는 편이 훨씬 더 낫다는 것은 증명했을 터. 자네에겐 내 수련의 성과도 말해 놨을 텐데."

카리엘의 말에 윈스턴이 말없이 한숨을 쉬었다.

"다들 알아들은 것 같으니 남은 할 말을 마저 하도록 하지."

그렇게 말한 카리엘이 두 동생들을 보며 말했다.

"루피엘을 황태자로 삼을 것이며 세리엘은 서대륙 총사령관에 임명할 것이다. 나의 부재 시 동대륙의 모든 병력을 지휘할 권한을 가질 것이다. 대신들은 짐의 뜻을 헤아려 최대한 빨리 황태자와 총사령관 임명식을 준비하도록."

"명을 받듭니다!"

카리엘의 명령에 모든 대신들이 고개를 숙이며 답했다.

그렇게 모든 이들이 회의장을 벗어난 후 회의장에 재상만을 남겼다.

"아무래도 좀 더 황궁에 있어 줘야 할 것 같아."

"……죽을 때까지 있는다 생각하겠습니다."

은퇴를 포기한 표정의 윈스턴을 보면서 카리엘이 웃으며 말했다.

"보고서를 보니 루터는 잘하고 있는 것 같더군. 슬슬 인수인계 시작해."

그의 말에 윈스턴의 눈이 동그래졌다.

기대도 하지 않았던 소식에 그는 몇 번이나 카리엘을 보며 제 귀를 의심했다.

적어도 전쟁이 끝날 때까진 잡아 둘 줄 알았는데 그게 아니었다.

"정말 인수인계를 하란 말씀이십니까?"

윈스턴의 물음에 카리엘이 작게 고개를 끄덕였다.

"내가 없는 동안 큰 분열 없이 이곳을 잘 돌아가게 만들었어."

카리엘이 동대륙으로 떠나 있는 동안에도 제국은 무사히

돌아갔다.

동대륙의 상황이 급한 것도 있었지만 만약의 산태를 대비하여 시험한 것도 있었다.

그런데 이제는 안심할 수 있었다.

"으음……."

그토록 바라는 은퇴를 시켜 준다는데 반응이 시큰둥한 윈스턴을 보면서 카리엘이 미간을 찌푸렸다.

"반응이 이상한데?"

"……폐하, 혹시……."

"혹시?"

"전쟁이 끝난 이후를 벌써 계획하신 것 아닙니까?"

윈스턴의 물음에 카리엘이 속으로 움찔했지만 근엄한 표정은 유지했다.

"무슨 소리야?"

"전쟁이 끝난 이후 은퇴를……."

"이길지도 모르는 전쟁 이후를 벌써? 재상, 약 먹었나?"

카리엘의 물음에 윈스턴이 헛기침을 하면서 고개를 숙였다.

"제가 너무 과한 생각을 한 것 같군요. 송구합니다."

순순히 사과를 한 재상이 헛기침을 하면서도 입꼬리를 말아 올렸다.

자신의 은퇴 생각에 빠져 있는 재상을 보면서 카리엘도 미소를 지었다. 정말로 전쟁이 끝난다면 은퇴 각을 세게 잡을 수 있기 때문이다.

"인수인계를 하는 것은 좋은데 은퇴하기 전에 재상에게 부탁할 것이 있어."

"말씀하시옵소서."

"신대륙."

재상의 말에 카리엘이 그를 빤히 바라보면서 말했다.

"자기들 일이 아니라고 아주 막장이야?"

카리엘의 말에 재상이 한숨을 쉬었다.

신대륙과 남부의 섬들이 도움을 주기는 했다.

그런데 그 도움이란 게 제국 입장에선 한심한 수준이라는 게 문제였다.

1. 관세를 낮춰 준다.
2. 오래된 식량 일부를 선심 쓰듯 지원한다.
3. 수출품 제한 품목을 풀어 준다.

분명 도움이 되는 일이긴 하다.

하지만 인류의 존망이 걸린 것을 감안하면 형편없는 수준이다.

군대를 보내는 것은 바라지도 않는다.

최소한 물자라도 대폭 지원을 해 주는 게 정상 아닌가?

"신대륙이나 남부 섬들은 아직 심각성을 잘 모르는 듯싶은데……."

"바라시는 것이 있사옵니까?"

"그들에게도 흑마법사 맛 좀 보여 주어야 하지 않겠어?"

카리엘의 물음에 재상이 고개를 갸웃거렸다.

"마족들이 혹한의 대지까지 영역을 넓히고 있어."

"혹시……."

"그래. 그들이 신대륙으로 가는 것을 막지 마."

"하오나 폐하, 전쟁 이후 신대륙이 새로운 위험이 될 수도 있습니다."

윈스턴의 걱정에 카리엘이 피식 웃었다.

"우리가 지금 남 걱정할 땐가? 당장 한 치 앞도 알 수 없는 상황인데?"

"그건……."

"이미 남쪽의 뱃길은 열어 두라고 명령했어."

카리엘의 말에 윈스턴이 눈을 동그랗게 떴다.

산드리아를 통해 로만이 섬나라에 개입할 수 있는 여지를 열어 두었다.

그리고 신대륙은 마족들에게 뱃길을 열어 주어 개입할 여지를 둔다.

"바다라는 장벽이 언제까지나 자신들을 지켜 줄 거라는 믿음. 그것을 부수지 않는 이상 적극적인 지원은 어렵겠지."

"······알겠습니다."

남의 일이라고 관망하는 이들에게 흑마법사 맛을 보여 줌으로써 적어도 장기적으로는 지원을 얻을 수 있는 큰 그림을 그려 놨다.

문제는 이것이 단기적으로는 별 효용이 없다는 점이다.

대륙을 건 전쟁이 당장 얼마 후에 일어날 것이라는 점을 생각해 볼 때, 카리엘은 만약을 대비하는 게 분명했다.

"하나 더 부탁할 게 있어."

"······폐하."

은퇴를 빌미로 자꾸 부탁을 해 오는 카리엘을 보면서 윈스턴의 표정이 어두워지기 시작했다.

"여차하면 다시금 거인의 협곡을 잠가야 할지도 몰라. 어차피 동생들은 안 할 거니까 그대가 비밀리에 준비해."

"하오나······."

"우리가 동대륙에서 전멸할 가능성도 생각해 둬야 해."

카리엘이 재상을 빤히 바라보면서 말했다.

이그니트의 주력군이 전멸하는 상황은 말 그대로 최악이다.

"주력군이 전멸하면 마스터들 한 명도 없이 지옥의 군대를 상대해야 할 수도 있다는 거야. 언제나 최악의 상황을 가정하고 대비해야 해."

"······후, 어쩐지 갑자기 저한테 잘해 주시나 했습니다."

무거운 짐을 지워 주는 카리엘을 보면서 윈스턴이 한숨을 쉬었다.

"루터는 아직 무거운 짐을 짊어지기엔 경험이 부족하니까. 녀석은 발전에만 몰두할 수 있게 해 줘야지. 젊은이가 날개를 펼 수 있도록 해 주는 게 어른이 할 일 아닌가?"

카리엘이 웃으면서 말하자 윈스턴은 한숨을 쉬면서 고개를 숙였다.

"폐하의 명을 받듭니다."

윈스턴의 대답에 카리엘이 기다렸다는 품속에서 비밀리에 작성한 명령서와 패 하나를 건네주었다.

"비밀 수호대와 그림자들을 동원할 수 있는 패야."

비밀 명령서를 전달한 카리엘이 자리에서 일어나 윈스턴에게 잘 부탁한다고 말하고는 집무실을 나섰다.

무거운 짐을 얻게 되니 윈스턴은 말없이 비밀 명령서를 바라보다가 조심스레 접어 품속으로 고이 넣었다.

�֍

그렇게 황궁에서 큰일을 처리한 카리엘은 하루 정도는 휴식을 가졌다.

"전쟁 전 마지막 휴식인가?"

-쫄리냐?

"쫄리긴 하네. 후…… 지옥이라……."

수르트의 말에 카리엘은 두근거리는 가슴을 부여잡고 가만히 창문을 바라보았다.

─최악의 상황이 와도 전생과는 다를 거다.

"……그럴까?"

─그래.

수르트의 확신에 찬 대답에 카리엘이 피식 웃었다.

전생과 달리 마족은 반쪽짜리는 말도 과분할 정도로 약한 몸으로 넘어왔다.

로만 역시 전생과 달리 세력이 크게 약화되었다.

무엇보다 서대륙을 통일하고 동대륙의 일부 국가들을 이그니트의 편으로 끌어들인 게 컸다.

카리엘 입장에선 이보다 더 잘할 수 없을 만큼 모든 것을 다 했다.

이제 남은 것은 결과를 보는 것뿐.

오랜만에 황궁에 돌아온 카리엘은 며칠간 직접 대전 회의를 주관하면서 쉽사리 결정을 내리지 못하고 질질 끌던 문제를 빠르게 정리해 버렸다.

그렇게 큼지막한 일이 정리되자 남은 부분은 관료들이 알아서 척척 진행시켰다.

이제 남은 것은 황태자 대관식과 사령관 임명식뿐이었다.

대전 회의가 끝나고 카리엘이 직접 광장으로 걸어가자 그곳에 동생들이 자신을 기다리고 있었다.

"먼저 세리엘!"

"예! 폐하."

"그대를 서대륙의 총사령관으로 삼겠다. 이는 서대륙의 모든 군대를 지휘할 수 있는 직위이다. 또한 만약 짐에게 무슨 일이 생겼을 시 모든 군을 이끌고 철벽을 방어해야 하는 임무를 부여할 것이다. 그대는 짐의 임무를 수행할 수 있겠나?"

"목숨을 걸고 완수하겠습니다."

세리엘의 대답에 작게 고개를 끄덕인 카리엘은 그에게 한 자루의 보검을 건넸다.

"그대에게는 주력군이 전멸한 이후까지 생각해야 할 의무가 있다. 새로운 마스터를 키워 내고, 더 강력한 군대를 갖추어라."

국민들이 모인 자리에서 자신의 죽음 이후를 생각하라는 명령에 세리엘은 순간 답하지 못했다.

결국 작게 고개를 숙이고는 것으로 답을 대신한 세리엘을 보면서 미소를 지은 카리엘이 세리엘을 물러가게 하고 루피엘을 바라보았다.

"짐이 직접 원정을 가야 하는 바. 짐을 대신해 이그니트를 대신할 황태자를 선임한다. 전쟁 중 내가 죽을 경우 그 즉시 모든 권한은 황태자에게 돌아가며 새로운 황제가 될 것임을 나 카리엘 프레드리히 폰 블레이저의 이름으로 선언한다."

카리엘의 선언에 제국민들은 말없이 고개를 숙였다.

자신들의 황제가 죽음을 각오한 이 순간에 그 누가 환호할 수 있으랴.

황태자가 된 루피엘조차 말없이 눈물을 흘리면서 고개를 숙였다.

그런 그에게 카리엘이 황제를 상징하는 홀과 황관 등을 물려주면서 말했다.

"짐을 대신해 이그니트를 더욱 발전시켜라. 그것이 너에게 주어진 의무일지니. 더 강력한 제국으로 위협에 맞설 힘을 키워라."

"……예, 폐하. 반드시 폐하께서 명하신 의무를 완수하겠습니다."

무릎을 꿇으며 답하는 루피엘을 향해 고개를 끄덕인 카리엘이 제국민들을 향해 선언했다.

"짐은 대관식에서 약속한 대로 제국을 지키기 위해 떠날 것이다. 그러니 기억해라, 짐과 짐의 군대는 목숨 걸고 이 제국을 지키려 했음을……. 혹 나와 나의 군대가 죽더라도 절대 포기하지 말고 저항하라. 이것이 먼 전장으로 떠나기 전 나의 제국에게 내리는 마지막 명령이니라."

카리엘의 명령에 제국민들이 말없이 한쪽 무릎을 꿇었다.

"폐하의 명을 받듭니다!"

자신들의 황제가 내린 마지막 명령에 눈물을 흘리면서 답하는 제국민들.

위대한 결전을 위해 떠나는 황제에게 그들이 할 수 있는 것은 그저 황제의 믿음에 답해 주는 것뿐이었다.

그것을 본 카리엘은 만족했다는 듯 루피엘과 세리엘의 어깨를 두드려 주고는 곧장 비공선을 향해 움직였다.

그리고 얼마 뒤, 마차가 비행장에 도착하고 카리엘을 태운 비공선이 하늘에 떠올랐다. 장엄해 보이기까지 하는 그 모습을 향해, 광장에 모여 있던 이들 모두 마음속 깊이 기도하며 고개를 숙였다.

✦

- 황태자 루피엘. 마침내 불안했던 황위가 정리되었다.
- 제국의 총사령관이 된 세리엘 사령관. 막강한 군권으로 서대륙의 군대를 재편한다.

카리엘에 의해 마침내 정리된 두 황족.

마지막까지 불안의 씨앗으로 남았던 것이 정리되었지만 누구도 기뻐하지 않았다.

자신들의 황제가 직접 이번 전쟁이 얼마나 힘든 전쟁인지를 알려 주었기 때문이다.

황제의 목숨조차 장담하지 못할 정도로 힘겨운 전쟁이 예정되어 있음을 알았기 때문일까?

막연히 동대륙의 상황이 좋지 않다.

마족들과 지옥의 존재들이 나타났다는 소식만 들었던 제국은 충격에 빠졌다.

이 충격은 이그니트뿐만이 아니었다.

-가장 위험한 전장으로 뛰어든 황제. 그 모습을 본 동대륙의 연합국들 역시 마지막 전쟁을 위해 움직였다.

가장 먼저 동대륙 국가들이 반응했다.

그동안 이그니트가 자신들의 안위만을 위해서 힘을 아끼고 있다는 의견도 있었다.

어쩌면 자신들을 버리고 서대륙으로 돌아갈지도 모른다는 이들도 있었다.

하지만 카리엘의 이번 발언으로 그 말이 쏙 들어가 버렸다.

이그니트의 황제가 이번 전쟁을 전쟁에 임하는 자세가 어떤 것인지 직접 본 사신들과 기자들이 동대륙의 국가들에게 침을 튀기며 설명했기 때문이다.

카리엘의 이런 결정에 반응한 것은 동대륙뿐만이 아니었다.

-목숨을 건 황제의 발언으로 당혹스러운 신대륙!

-상황의 심각성을 제대로 인지한 남쪽의 섬들. "서대륙까지 집어삼켜지면 다음은 우리다!"

이제 겨우 상황의 심각성을 인지한 이들.

하지만 아직 부족했다.

자신들에게 직접적인 위험이 다가올 때까진 피부로 느껴지지 않을 것이다.

그렇기에 카리엘에게 명을 받은 윈스턴은 기다렸다.

마족들과 로만의 위협이 그들에게 닿을 때까지 바닷길을 열어 두고 그들이 직접 이그니트로 찾아올 때까지.

그것이 위대한 황제가 자신에게 내린 마지막 명령이었기에.

❈

"오셨습니까."

거인의 요새에 도착하자 아켈리오가 기다리고 있었다는 듯 황궁 기사들과 함께 묵례를 올렸다.

"준비는?"

비공선에서 내린 카리엘이 황급히 달려온 남부 사령관이 고개를 숙였다.

"끝났습니다. 언제라도 움직일 수 있습니다."

"로만은?"

"이미 비밀리에 황제가 사막 지역으로 움직인 것 같습니다."

로만의 황제가 직접 산드리아가 있는 곳으로 움직였다. 그에 따라 주력군 역시 대부분 그쪽으로 떠났다.

그 역시 진짜 싸움은 동부가 될 것임을 아는 것이다.

"오늘부로 서부 사령관을 제외한 각 지역의 사령관들의 모든 직위를 해제한다. 또한 남부 사령관이었던 로칸 바르사유를 동부군 총사령관으로 임명한다."

그렇게 말한 카리엘은 보검을 로칸 바르사유에게 건넸다.

"모든 군은 그대가 이끌도록. 앞으로 마스터들은 휘하의 기사들과 특수부대들만 이끄는 별동대로 활동하게 될 것이다."

"폐하의 명을 받듭니다."

모든 지휘관들이 일제히 고개를 숙이며 답을 하자 카리엘이 미뤄 두었던 명령을 내렸다.

"대전쟁을 시작할 것이다. 이는 동대륙의 안전이 확보될 때까지 멈추지 않을 것이다."

"예! 폐하."

"로칸 바르사유. 그대의 첫 임무는 로만의 수도를 점령하는 것이다."

대전쟁의 첫 명령이 떨어진 그 순간, 요새에서 쉬고 있던 대군이 기지개를 켰다.

　그러자 여태껏 힘만 키우고 있던 남부의 연합군들 역시 움직일 준비를 시작했다.

다음 권으로 이어집니다

우리 교황님 좀 말려 주세요

판미손 퓨전 판타지 장편소설

비정상 교황님의
듣도 보도 못한 전도(물리) 프로젝트!

이세계의 신에게 강제로 납치(?)당한 김시우
차원 '에덴'에서 10년간 온갖 고생은 다 하고
겨우 교황이 되어 고향으로 귀환했건만……

경고! 90일 이내 목표 신도 숫자를 달성하지 못할 시
당신의 시스템이 초기화됩니다!

퀘스트를 달성하지 못하면 능력치가 도로 0이 된다고?
그 개고생, 두 번은 못 하지!

"좋은 말씀 전하러 왔습니다, 형제님^^"

※주의※ 사이비 아닙니다, 오해하지 마세요!

One for all
원포올

일라잇 스포츠 장편소설

작렬하는 슛, 대지를 가르는 패스
한계를 모르는 도전이 시작된다!

축구 선수의 꿈을 품은 이강연
냉혹한 현실에 부딪혀 방황하던 중
운명과도 같은 소리가 귓가에 들어오는데……

당신의 재능을 발굴하겠습니다!
세계로 뻗어 나갈 최고의 축구 선수를 키우는
'One For All' 프로젝트에, 지금 바로 참가하세요!

단 한 번의 기회를 잡기 위해
피지컬 만렙, 넘치는 재능을 가진 경쟁자들과
최고의 자리를 두고 한판 승부를 벌인다!

실력만이 모든 것을 증명하는
거친 그라운드에서 당당히 살아남아라!

기갑천마

거짓이슬 퓨전 판타지 장편소설

**종말을 막지 못한 절대자
복수의 기회를 얻다!**

무림을 침략한 마수와의 운명을 건 쟁투
그 마지막 싸움에서 눈감은 무림의 천하제일인, 천휘
종말을 앞둔 중원이 아닌 새로운 세상에서 눈을 뜨는데……

"천휘든 단테든, 본좌는 본좌이니라."

이제는 백월신교의 마지막 교주가 아닌 평민 훈련병, 단테
그럼에도 오로지 마수의 숨통을 끊기 위해
절대자의 일 보를 다시금 내딛다!

**에이스 기갑 파일럿 단테
마도 공학의 결정체, 나이트 프레임에 올라
마수들을 처단하고 세상을 구원하라!**